完璧社長は鉄の乙女と蜜月をご所望です

★

ルネッタ🄻ブックス

CONTENTS

プロローグ

「それじゃ、鎧塚さんの処女は俺がもらうとしよう」

とんでもないことを言われた……はずだ。

ウイスキーの水割りのグラスを片手に握りしめ、鎧塚美羽子はこの状況を理解するために、脳に鞭を振るって思考を働かせようとする。

しかしなかなか思考が回らない。おそらく、本日何杯目なのかわからなくなってしまったほど飲んだアルコールのせいだろう。

(なにを言ってるの……この人……。酔っ払いのたわごとですか)

酔っぱらっているのは、どちらかといえば美羽子のほう。顔は火照っているし、心臓の鼓動もうるさい。

値段を聞けないほど高級なウイスキーが注がれたグラスを、隣で優雅に揺らしている彼——一文字駿斗に、酔っている気配は微塵もない。

顔は相変わらず美術品のように美しく整ったままで、顔色に変化はない。微笑(ほほえ)みをたたえた口元には男性の色気があふれている。仕事をしている彼を遠くから見ることがあるが、今も仕事中と同じように冷静にさえ見える。

そういえば彼はアルコールに強かったなと思いだす。

かつて彼を、年上ではあるが単なる同期入社の仲間だと信じて気軽に仲よくしていたころ、同期仲間の飲み会において彼はどんなに飲んでも酔ったことはなかった。

当時、彼とは周囲に冷やかされるくらい仲がよかった。友だちなどにスペックは高いと言われるものの恋愛経験値ゼロの美羽子が、初めて恋の予感を覚えた相手だ。

ところが、その彼が、本当は美羽子の会社の経営者一族の御曹司かつ跡取りであると知ったとき、どんなにショックだったことか……。

住む世界が違いすぎる。

それ以来自然に距離が開いていって、同期としてのつきあいもなくなり、社長といち社員という関係でしかなくなっていた。いや、自然に距離が開いていったのではない。美羽子が引いてしまったというほうが正しいだろう。

入社して七年。美羽子は二十九歳になり、法務部コンプライアンス課の主任にまで出世したが、四つ年上の駿斗は三十三歳にして、今や社長だ。

酔っていたとしても、立場のある彼が先ほどのようなセリフを吐くわけがない。そもそも今まで、彼からそういう対象として見られてはいなかった。彼からというか、会社の誰からもそういう目で見られてはいないのだが。

だから、聞き間違いに違いないのだ。美羽子の処女をもらう、なんて。

「なに言ってるんですか」

「なにって、鎧塚さんのハジメテ、俺にちょーだいっ、って言ってる」

(かわいい言いかたしないでくださいっ)

同じことを、しかもかわいく繰り返されて、胸がきゅうん……と絞られる。

社内には美羽子にそんな口調で話しかけてくる者はいない。

軽い態度をよしとしない、面白味のないクールなキャラだと思われているからだ。

ただでさえそんな接されかたに慣れていないところに、秀麗な顔でかわいい態度をとられたらギャップ萌えしてしまうではないか。

じわじわっと焦りが生まれてくる。

高級ホテルの上層階にあるバー。オーセンティックな雰囲気で、半個室のようになっているボックスシートからはほかの客は目に入らず、世界にふたりきりのよう。

目の前には吸い込まれそうなほどの綺麗な夜景が広がっている。大きな窓一面に広がる煌びやかな光景に魅せられない者はいないだろう。

しかしそんな夜景も、駿斗のうしろにあっては存在がすっかりかすんでしまう。もはや駿斗の引き立て役でしかない。

少なくとも美羽子にとっては、夜景より駿斗に目が惹きつけられる。

「鎧塚さん、さっきつらそうに言っただろ。『二十九になっても処女だし』とか『このまま一生、女扱いされないまま終わるのかな』って」

「そんなこと言って……まし、た、ね……うん」

ようやく思考が動き出し、どうしてこんな状況になっているのか、脳裏にだんだんとよみがえってくる。

――いろいろあって、いきつけの居酒屋でひとりで飲んでいたところ、駿斗がやってきた。場所を変えて飲み直したのだが、つい苦しい胸の裡が言葉になってこぼれ出てしまったのだ。

『なんでだろう……こんなはずじゃなかったんですよね……。なのに二十九になっても処女だし、会社では〝鉄の女〟なんて言われて、このまま一生、女扱いされないまま終わるのかなあ』

本音だ。

でもあんな愚痴は、仲のいい女友だちにだってこぼしたことはないのに。

酒の力か、それとも久しぶりに駿斗とゆっくり話ができて気がゆるんだのか。とにかく美羽子らしくない弱音を駿斗にぶつけてしまったのである。

「だから……」

駿斗の片手が美羽子のフェイスラインに添えられる。五本の指先で軽く美羽子の顔を固定し、駿斗の顔が近づいてくる。

「俺が、君の処女をもらう。困るくらい女の子扱いしてあげるから、覚悟して」

「なっ……！」

急激に頬(ほお)が熱くなるのがわかる。

酒に酔っているうえに、今度は駿斗の色気ダダ漏れの表情と言葉にあてられて、さらに酔ってしまいそうだ。

「社長っ、そういうのはっ……」

「はいはい、コンプライアンス課の主任にこんなこと言うとセクハラ認定されちゃうかな？それとも社長という立場を利用しようとしているパワハラ？　どっちも違うな。俺は、大切な同期の、たっての願いを叶(かな)えてあげたいだけ」

「同期って……」

確かに同期ではある。しかし今は社長といち社員という立場だ……。

――でも、彼なら……。

胸の奥に、ずっと閉じこめ続けている想いが囁いてくる。

――彼になら、……いいんじゃない？

唇を内側に巻きこみ、言葉が出せないまま駿斗を見つめる。心が揺れ惑い、ずいぶんと困ったような情けない顔をしている気がした。

ふっと微笑んだ駿斗が美羽子の耳元に唇を近づける。

「そんなにかわいい顔をされたら、今すぐ抱きたくて堪らなくなる」

軽く耳朶を食まれ、ビクッと身体が震えた。

美羽子の顔に指を添えたまま立ち上がった駿斗は、彼女を見つめて甘く囁く。

「部屋をとってくるから。待っていて」

指で頬をスイっと撫で、カウンターに歩いていった。

指で撫でられた頬がムズムズする。

両手で熱い頬を押さえ、自分が赤くなっていることを確認しながら、美羽子は信じられない状況に戸惑っていた。

（まさか、こんなことに……。社長と……まさか）

まだ信じられないが現実だ。

高鳴る胸を抑えきれないまま、美羽子はこうなるに至った経緯を思い返していた。

第一章　アイアンレディのかわいい悩み

「でもさあ、別に法律違反でもなんでもないっしょ。なにが悪いの」

切り札のようにそう言い、営業一課の酒野(さかの)は腕と脚を同時に組んだ。

「コンプライアンスって、そもそも〝法令遵守〟のことでしょ」

そう言いながら、酒野は三回ほど脚の組み位置を直す。

さほど長くもないんだから無理にかっこつけて組まなくていいのに……と美羽子は心の裡で呟(つぶや)かずにはいられない。

「それにさ、オレのアクセ、女の子には好評だよ？　取引先でだって、このシルバーリングはどこのブランドかとか聞かれてさ。オレ、営業だし、そこで会話がはずむわけよ」

そんなことは聞いていないのだが、酒野のご自慢のアクセサリーについて、とうとうと語られていく。

「ここのブランド、骸骨(がいこつ)のモチーフが多いんだけど、このスカルが最高にいかしてるんだよ。

錆（さび）もいい味出してるだろ？　結構リーズナブルだしさ、さすがアメリカっ。主任さん、このブランド知ってる？　知ってるわけないかあ、こういう若者っぽいもの、好きじゃなさそうだもんな」

　ひとこと多い。

　イーエムジーホールディングス、法務部コンプライアンス課の空気が凍りつく。

　美羽子たちのいる対話用テーブルは簡易衝立の陰に設置されてはいるものの、衝立は周囲の目からかくすのが目的ではなく、ただの仕切りにすぎない。

　もちろん、声だってまったく遮らない。

　したがって、今回ヒアリングの対象となっている酒野と美羽子の一騎打ちは、オフィスにいる課員たちにダダ漏れなのである。

　とはいえ、普段であれば対話用テーブルでの会話などは、意識して聞こうと思わなければ気になるものでもない。

　しかし、二年前に女性最年少で主任に昇格し、就業規則違反やセクハラ問題に忖度（そんたく）なく切りこんでいくその姿に〝鉄の女——コンプライアンス課のアイアンレディ〟と囁かれるようになった鎧塚美羽子主任に向かって、横柄な態度と言葉遣い、さらには「こういう若者っぽいもの、好きじゃなさそう」という暴言。

——こいつ、主任に喧嘩売ったぞ!! なんて命知らずな!!

……という、課員たちの心の悲鳴が聞こえるようだ。

課員たちの耳はいやでも衝立の奥のふたりへ向く。オフィス内にはさらに緊張した空気が張り詰めた。

美羽子は目の前の酒野を無表情のまま観察する。

入社二年目の酒野は、この春、新入社員が入ったことで晴れて先輩になった。仕事にも慣れて気持ちがゆるんだのか、後輩にかっこつけたかっただけなのか、およそビジネススーツには合わないアクセサリーを着けて出社するようになったのだ。

ピアスにイヤーカフ、両手にひとつずつの指輪にバングル。

髪のカラーリングはなし。スーツは崩さずに着用。アクセサリーのほかに問題点はない。

再三にわたる上司の注意には、

「個性ですよ」

「就業規則にアクセが駄目とは書いてないはず。これが駄目なら、女性のアクセサリーはどうなんですか。それに男性だって結婚指輪はしてますよね？」

「派手ってみんなが言ってる？　みんなって誰ですか、連れてきてくださいよ。それってみんなのじゃなくて係長の意見でしょう？」

と、屁理屈でごねまくる。

確かに、就業規則にアクセサリー禁止の項目はない。

しかし、彼は自分の立場を忘れている。

酒野はすっかり美羽子をやりこめたつもりのようだ。美羽子に指輪を見せつけるようにこぶしを突き出し、調子にのって指を揺らす。

目障りなその手を、美羽子はゆっくりと押し返した。

「ところで、先ほどおっしゃった、アクセサリーのブランドに関する情報は、購入したお店で聞いたものですか？」

「主任さん、興味ある？　教えてあげてもいいよ。これはね――」

気分よさそうな声で出されたブランド名を聞いて、すかさず美羽子の訂正が入った。

「あなたのおっしゃった説明は間違っていますね。そもそもスカルは骸骨ではなく頭蓋骨という意味です。生と死という象徴的な意味合いでも使われます。あなたが買ったと思っているブランドは骸骨ではなくスカルをメインモチーフにしていますね。ちなみに、アメリカではなくイギリスのアクセサリーブランドです」

「へ？」

酒野が素っ頓狂な声を出す。

聞き耳を立てていた課員の一部がこらえきれずに噴き出した。

訂正は続く。

「素材には主にスターリングシルバーが使われているはずですから、変色はしても、今あなたが着けているもののように錆びることはめったにありません。おまけに、リーズナブル？　指輪ふたつとバングルひとつで、平均的な新入社員の一ヶ月分のお給料はなくなりますよ。いいえ、デザインによってはバングル一本でです」

「は……？」

「偽物を掴まされたあげく、自慢げにあちこちで見せて回っている。女性はアクセサリーが好きですからコミュニケーションのきっかけにはなったでしょう。ですが、あなたが『個性だ』と言い張っても、相手によっては、あなたのアクセサリーを不快に思う人もいる。それがこの会社のコンプライアンスに抵触する場合もあるのです」

冷静に淡々と述べていく。

「……こんなものが……なにに引っかかるって……。法律に引っかかるようなことじゃないだろう、な……なのに、法務部で聞き取りなんかされるのがそもそも間違ってんだよ」

「コンプライアンス課は〝法令遵守〟に限った案件のみで動くわけではありません。それだけなら、顧問弁護士の先生がいれば事足ります。我が社の就業規則にはアクセサリー禁止の項目はありませんが、他者に不快感を与える服装を禁止する項目ならあります。あなたは就業規則を読んだことがありますか」

「……オレは……」

酒野の口調は弱くなる。組んだ脚は滑り落ち、両手を交互に組み替えてしきりに指先で指輪を掻いていた。偽物とはまったく思っていなかったのだろう。

「F食品の社長のお嬢さんに、そのアクセサリーのお話をしたそうですね。お嬢さんは百貨店の貴金属フロアにお勤めだそうで、装飾品にはお詳しいようです。F食品に営業にいき、たまたまいらっしゃったお嬢さんを捕まえて、偽物を自慢していくあなたに、ずいぶんと不信感をいだかれたらしく、お父様である社長から直々に苦情が入りました。『お宅の担当はなにをしに我が社へきているのか。情報の真偽も確認できない人間を信用するわけにはいかない。それに、およそ営業らしくない身だしなみには不快感をいだく。お宅の社員はオンとオフの切り替えもできないのか』」

先方から受けた苦情を伝えるごとに、酒野の顔色が変わっていく。萎縮して身体も縮こまっていった。

「苦情だけなら上司から叱責していただければ済みますが、あなたがなぜ、ここに呼ばれたかわかりますか？　あなたの行動が、大切な取引先との関係を崩しかねないからです。担当を替えなければ取引を減らすとまで言われたそうです。一社から苦情が出たということは、他社からも出る可能性がある。わかりますか？　営業職は会社の顔、それを忘れ取引先に与える印象も考えず『個性だ』と言い張るあなたの行動は、完全に社のコンプライアンスに反している。だからここに呼ばれた。社内外のステークホルダーに悪い印象を与えている。これは、立派なコンプライアンス案件です。放っておくことはできません」

一気に畳みかけられ、酒野はただ青くなって小さくなっているだけだった。

「もうひとつ。新入社員の女性がそのアクセサリーに興味を持ったのをいいことに、何度もその女性に『一緒にアクセサリーを見にいこう』と誘ったらしいですね」

「……会社は人の恋愛にまで口を出すのかよ」

酒野の顔にさっと朱がさす。

「社内恋愛禁止の就業規則はありません。デートに誘うのも、相手が了解していれば問題ありません。社内結婚も結構です。ですが、断られたにもかかわらず、個人的な誘いを特定の人物に何度もするのは、セクハラ行為になりかねません。十分に気をつけてください」

「……なんだよ、それ。よけいなお世話だ……。主任は、仕事だけしてれば楽しくて、自分が恋愛したくてもできないから、そうやって他人の恋愛を潰して回ってるんだろっ……。他人の恋愛が羨(うらや)ましいんだっ。恋愛だけじゃない、そもそも冷徹だし、人の心の機微がわからない。

だから〝鉄の女〟なんて言われて――」

逆上しかけた酒野の言葉が遮られる。

――男がひとり、いきなりオフィスに怒鳴りこんできたのだ。

「鎧塚ってヤツはいるか！　どこにいる！　出てこい！」

酒焼けしたようなガラガラの声、ポロシャツにハンチング帽をかぶった中年男性だ。明らかに社内の人間ではない。

「なんですか、あなたは」

出入り口近くにいた男性課員、山内(やまうち)が対応しようとすると、男はいきなり彼の胸ぐらを掴み上げた。

「てめぇが鎧塚か！　よくも啓次(けいじ)を追い詰めてくれたな！」

出された名前には覚えがある。

男がここにきた理由を察した美羽子は、その男の気を引くようにテーブルを両手で叩(たた)き、立ち上がる。突然目の前で大きな音を出されたせいか、美羽子の対面に座っていた酒野が驚いて椅子から跳び上がった。

「私が鎧塚です。啓次、とおっしゃいましたが、社内ストーカー行為で処分を受けた土門(どもん)啓次さんの件ですか？」

オフィスに声を響き渡らせ衝立の奥から姿を現した美羽子を見て、男は大きく目を見開く。

「女……？」

呆然(ぼうぜん)とした声は、まさか目指していた相手が女だったとは思わなかったらしい。その拍子に力がゆるんだのか、胸ぐらを掴まれていた山内が素早く離れた。

美羽子は話を進める。

「ご家族、または知人の方ですか？　受付から連絡はありませんでしたが……。ここは一般の方が許可なく立ち入っていい場所ではありませんよ」

「オレは啓次の父親だ！　てめえが啓次によけいなことを言って、追い詰めたのか！　女の分際で生意気なことしやがって、ふざけるな！　取り消せ！　啓次の処分を取り消せ！　あいつの未来を潰す権利がてめえにあんのか」

来客用のカードを手に入れたか、業者にまぎれて社内に入ってきたのかもしれない。男はがなり声をあげ、足を強く踏み鳴らしながら美羽子に近づこうとする。関係のない酒野が「ひえっ！」とおびえた声を発して逃げるように椅子ごとあとずさる。

「止まりなさい！」

今まで冷静に話していた美羽子の厳しい声に、男はビクッと身体を揺らして足を止める。オフィス内の空気が切り裂かれそうなほど鋭く張り詰めた。

そのとき、課員がふたりがかりで男を両側から取り押さえた。

両腕を拘束された男が、改めて美羽子を睨みつける。

「処分は私が決めたものではありません。社の秩序を乱した事実、また被害者がいる限り処分が取り消されることもありません。この件の処理はすでに顧問弁護士へ移っています。今は私の管轄ではありませんので、できることはありません。息子さんを思うお気持ちは、顧問弁護士へ訴えてください」

暴力沙汰になる寸前だった。

それでも美羽子は冷静に対応し、動じる様子もなくそう言い放つ。連絡を受けて駆けつけた警備員に連れていかれる男を目で追った。

ふうっと肩を上下させて息を吐いたとき、大きな拍手が耳に入った。

課員の誰かかと思ったが、なんと拍手をしていたのは、先ほどまで美羽子から注意を受けて暴言を吐いていた酒野だったのである。

「すげえ！　すげえ余裕！　カッコいい！　カッコいいです、主任！　さすが冷静沈着、仕事一徹、感情に惑わされない〝鉄の女〟！　男前！　オレ、主任についていきます！」

目をキラキラさせる酒野は、まるでヒーローショーを見る子どものようだ。さっき言い放っていた「冷徹」「仕事だけ」「心の機微がわからない」などの、美羽子を表する暴言が、プラスの表現に言い換えられている。

「主任っ、握手してくださいっ」

酒野は急に改心したとでもいうのか、指輪、バングル、イヤーカフをすべて外してポケットに入れると、立ち上がって美羽子の片手を取り、ぶんぶんと振る。

大興奮のようだ。大丈夫かと不安になるが、アクセサリーの着用をやめてくれるなら、きっかけはなんであれ、それに越したことはない。

(自分もカッコいい男になろうって思ってくれたのかな)

そう思った矢先に美羽子の横に立ち、許可なく自撮りよろしくスマホのシャッターをきる。

「主任と一緒に撮った写真、お守りにします！」

さっそくSNSにアップしようとする酒野に、

「……子どもじゃないんだから、肖像権くらいは尊重しなさいっ」

もう一度、お説教である。

「お疲れ様です、主任」

デスクに切り分けられたバームクーヘンがのせられた皿が置かれる。持ってきたのは課員の三村香苗だ。

入社五年目の二十七歳。部署内の女性のなかでは美羽子に続いて勤務歴が長い。この法務部には社員と企業弁護士合わせて二十人ほどが在籍しているが、女性はコンプライアンス課に三人だけである。

——うちひとりが先日電撃寿退社をしたので、現在は美羽子と香苗だけだ。

顎のラインでそろえられたタッセルボブ。根元から綺麗に立ち上がった前髪を見るたび、毎日スタイリングにどのくらいの時間をかけているんだろうと思わずにはいられない。

美羽子はロングヘアなので髪の手入れには気を配っているつもりだが、ゆるやかにデジタルパーマをかけているおかげで毎朝のセットは楽だ。仕事中はうしろでひとつにしている。

服装に厳しい就業規則があるわけではないが、部署が部署だけにあまりカジュアルな服装をするわけにもいかず、お互い常にスーツである。

セットスーツのパンツやスカートを利用する美羽子に対して、香苗は異素材のフレアースカートやプリーツスカートを合わせる着こなしが多い。ブラウスにもリボンタイやフリルがあしらわれていたりと、カジュアルすぎずキチンと感がある大人のかわいらしさ、というやつだ。

お手本にしたいと、常々思っている。……のだが、思っていても実行できないのは、自分が

〝かわいい〟服を着ると、周囲がざわつかないか心配だからだ。

美羽子が二十九歳なので香苗と年は近い。入社したときから法務部に籍を置いているのも同じだ。

決定的に違う点といえば、香苗が既婚者だということだろうか。相手とは学生時代から付き合っていたらしく、入社して一年で結婚した。

「今日はなかなかハードでしたね〜。まさか父親が乗りこんでくるなんて」

「社内不倫疑惑で奥さんが殴りこんできたときよりはいいかな」

「あれも主任の一喝でおさめたじゃないですかー。激情した奥さんの猛攻をクールに躱しつつ落ち着かせて、社員の旦那さんにヒアリング。事実無根だと奥さんに伝えて、なぜか夫婦の仲裁まで。それでもぐだぐた言う奥さんに雷のようなひとこと！」

そのときのことを思いだしているのか、香苗は胸に片手をあて、もう片方の手を握りこぶしにして突き上げる。

勝利宣言のようで面白い。確かにあのとき、問題の妻がおとなしくなった瞬間「勝った！」とは思った。

「もう、うちのコンプラ課は無敵って噂されてますよー。それも主任が常に冷静で、客観的だからですよねー」

「なんだかすごく褒められてない？　なんか奢ったほうがいい？」

「いえいえ、本日終業後は旦那とデートなので、急な残業はご勘弁いただければそれ以上は望みませぬっ」

「えー、書類の精査頼もうと思ったのに〜」

「主任っ」

ふたりでアハハと笑い合う。褒めてくれるのは嬉しいが、そんなに感慨深げに言われると照れてしまう。

もちろん法令違反、就業規則違反には、相手の役職に関係なく厳しくあたっている。そこが無敵と言われている所以だろう。

だが、コンプライアンス課にはいろんな相談事が持ちこまれる。当事者の主張が正しいとは限らないということには常に気をつけているつもりだ。

特に面倒なのは、恋愛が絡んでいるもの。恋愛禁止ではないだけに、線引きがやっかいだ。誘ってくれた相手に気を使って、その気もないのに「また誘ってください」と言ってしまうことはよくある。だが、相手がその言葉を真に受けて誤解し、結果、しつこく誘ってセクハラに繫がったり。

逆に、なんら問題のない対応をしているのに、ハラスメントを受けたと思いこんでしまう場合もある。

主張してくる人物の気持ちに寄り添うだけでは、冤罪（えんざい）という問題も起こりうる。

人事と相談のうえセクハラ防止のために配置換えをすることもあり、好きな人と引き離された、恋愛を邪魔されたと抗議を受けたこともある。

感情に流されない判断や、業務上隙を見せないようにしている美羽子の振る舞いや態度といったものが、周りからは冷血漢にも非情にも見えるのだろう。

加えて、黙っていれば「ツンとした美人」と言われる顔立ちや、誰にも媚（こ）びない態度のせいもあるのか、いつのまにか〝鉄の女――コンプライアンス課のアイアンレディ〟などと言われるようになっていた。

美羽子としては、男性を寄せつけないつもりも、他人の恋愛を邪魔するつもりも毛頭ないのだが。

「今年も新入社員研修で、『セクハラかもしれない、パワハラかもしれない、けれど誰にも相談ができない。そういう場合はコンプライアンス課の主任を頼りなさい。相談に乗ってくれる』って社長から指導があったらしいですよ。ほんっと信頼されてますよね。やっぱり同期時代に育まれた信頼って感じなんですかね」

美羽子がコンプライアンス課の主任になったあたりから、新入社員の相談件数が多くなったのは新人研修での社長の指導のせいだ。件の社内ストーカー事件の被害者も昨年の新入社員で、社長の言葉を思いだして相談にきたと言っていた。

　社長から仕事ぶりを信頼されているのは嬉しい。それに、社員が頼りやすい環境を整えることはすごくいいと思う。しかし香苗が振ってきたこの話題にこれ以上触れることなく、美羽子はデスクに置かれた皿を指さす。

「美味しそうなバームクーヘン。どうしたの？」

「さっき、美夕ちゃんが忘れ物を取りにきていて、その手土産です」

「きてたの？　忘れ物を取りにくるくらいで手土産なんかいらないのに。マメだね」

「……いや、気まずいからだと思いますよ。辞めかたがほら、ちょっとあれでしたから。美夕ちゃんがくるちょっと前に、主任目がけて土門啓次の父親が乗りこんできたという話をしたから、ビックリしたのもあったかもしれないですけど……主任に声をかけもしないで、ダッシュで帰っていきました……」

　苦笑しつつ視線を横にそらす香苗を見ると、美羽子もつられて苦笑いが漏れる。

　美夕は昨年の春、久々にコンプライアンス課に配属された新入社員で、明るくて仔犬みたいに人懐こく、かわいい子だった。

　仕事にも一生懸命取り組み教え甲斐があったのだが、一年たったこの春、結婚すると言って電撃的に寿退社をしたのだ。

二週間ほど前の話である。

辞めると決まってから、挨拶もそこそこにパッタリこなくなった。

急いで辞めなくてはならない事情があったのだろうと思うよりほかないが、本人なりに気にしていたらしく、退職後に、大量のお菓子が〝お世話になりました〟と熨斗付きでオフィスに届いたのである。

急で一方的なのは否めない。逃げるようにいなくなってしまったせいで「おめでとう」の言葉もちゃんとかけてあげられなかった。

（そんなに気にすることないのに……）

引継ぎもせずいきなり辞めたことを気まずく思っているのかもしれない。しかし彼女が最後に担当したのは、今日騒ぎのあった社内ストーカー案件の最終精査だった。案件が無事に顧問弁護士に移っている今、やり残した仕事はない。

そのストーカー騒ぎを起こした土門啓次と被害者の立花絵衣子、そして美夕は、同期の新人同士だった。

たまたま出身エリアがとても近かったらしく、仲よく一緒にいる姿をよく見かけていて、美羽子も新人のころに同期とつるんでいたのを思いだしては懐かしくなっていたのだ。

立花絵衣子から相談を受けたのは美羽子だった。その後、法に抵触する案件となったので、顧問弁護士に引き継いだ。美夕は美羽子の事務処理を手伝っていた。

（それなりにコミュニケーションも取れてると思っていたんだけど）

結婚の報告と辞表は、直属の上司の美羽子を飛び越して、法務部の部長に出された。

社内ルールには、退職が決まったときは最低二週間前には申し出て引継ぎや身辺整理にあてること、という項目がある。

コンプライアンス課に籍を置いていながら、それを守らずして退職したことに負い目を感じているのか。

しかし、決まりを守れない状況というものも実際にある。

たとえば自身や家族が事故に遭った、病気で倒れた、夫の急な転勤など。

美夕にもそんなやむにやまれない事情があったのだろう。結婚相手の仕事の事情かもしれない。

結婚式、もしくは披露宴を予定しているのかはわからないが、落ち着けば連絡がくるだろう。そのときはお祝いの言葉をたくさんかけてあげたい。

（結婚か……）

フォークでバームクーヘンを刺してじっと見つめる。つい出てしまいそうになった「いいな」

の言葉を、口に押しこんだ生地で吸い取った。

「あれ？　これも忘れものかな」

もう忘れものがないか、美夕が使っていたデスクをチェックしていた香苗が声をあげる。目を向けると、香苗は顔の横に雑誌を掲げてみせた。

「主任のって可能性もあるかも。この本、主任のですか？」

大判の厚い雑誌はブライダル専門誌だ。表紙に新郎新婦の幸せそうなうしろ姿が載っている。

美羽子は真面目な顔で首を左右に振った。

「残念ながらまったく違うけど。どうして私のだって思うの？」

「興味があって買ったとか」

「予定もないのに買うように見える？」

香苗が顔を近づけ、じーっと美羽子を見る。すぐに自分の頭をポンっと叩きながら笑い声をたてた。

「ですよねー」

香苗のこのような言動にも「鎧塚主任に喧嘩売ってる⁉」と周囲が戦々恐々とするときがあるのだが、美羽子はまったく気にならない。

香苗とは気心が知れているのもあるのだが、最大の理由は、香苗が美羽子を〝鉄の女〟扱いしないからだ。色眼鏡なしに、冷静沈着、クールで優秀な上司、という立ち位置に置いてくれているらしい。それが心地いい。

「そこで認めるなって。どーれ、いやがらせに意外なことしてやる、見せなさいっ」

香苗の手から雑誌を取り、ササッとページをめくる。——実は表紙が目に入ったときから気になっていた特集があったのだ。

ウエディングドレス特集のページで指は止まる。

夢のように華やかで可憐な世界がそこには広がっていた。

(かっ……かわいいっっっ！！！！)

シルクにサテン、オーガンジー、チュールレースにリバーレース、ビジューレースの華やかさと煌びやかな刺繍、流れるように広がる繊細で豪華なトレーン、細部に施されるクリスタルガラスの演出。

ふわふわでキラキラで、乙女心を揺さぶるものばかり。

(異次元の天国にあふれてるっっっ！！！！)

脳内は狂喜乱舞する。

……が、顔はいつものクールな表情を保っていた。

「全部真っ白」

「ウエディングドレスなんだから、当然じゃないですかー。やだなあ、主任っ」

アハハと笑いながら、香苗が横からページを覗（のぞ）きこむ。

「いいなあ、ウエディングドレス。結婚式は準備がほんと面倒くさいからもうしなくていいけど、ドレスはもう一回着たいなあ」

「ドレスってレンタルできるんじゃないの？　着るくらいならできるでしょう？」

「着たいだけじゃないんですよ。なんていうのかな、式場に立つあの高揚感あふれる感覚を味わいたいっていうか……」

「教会でウエディングフォトを撮ってくれる写真館もあるでしょう。旦那さんに『撮ろうよ』ってお願いしたら？」

「うち、今年結婚四年目ですよ～。いまさらウエディングフォトとか、ちょっと恥ずかしくないです？」

「そんなことない。四年目なら花婚式（はなこんしき）じゃない。夫婦として芽が出て花が咲く素敵な時期。それにね、ウエディングフォトって結婚十年目の記念とか、銀婚式の記念とかに撮るご夫婦だっているの。だからちっとも恥ずかしいことなんてないよ」

「……主任、詳しいですね」

ハッと我に返る。目の前のふわふわでかわいい天国についつい引きこまれてしまい、口が軽くなってしまった。

結婚記念日の数えかたや呼びかたは、一年目から七十五年目まで頭に入っている。ウエディングフォトだって、教会や野外を舞台に撮影してくれる写真館はどこか、またその金額までが頭に入っているし、女性一人だけでのウエディング撮影に対応してくれるところもチェック済みだ。

身バレしないように、都外や海外ツアーのオプションで、ドレス撮影を申しこめるものだってある。

すべてチェック済みだが……そんなこと、言えるはずがない……。

「雑学として知っているだけ。いろいろと調べたり読んだりしているとね、自然と頭に入るの」

「へえ〜、そういうもんですか。うん、でも主任が言うと真実みがある」

変に思われなかったようで心の裡でホッとする。

開いているページを香苗が指で叩いた。

「これ素敵〜。主任に似合いそう」

彼女が指さしたのは、身体に巻きつくように施された大きなフリルとゴージャスなトレーンが目を引く、流麗なラインのマーメイドドレスだ。

凹凸（おうとつ）のある美ボディの外国人モデルが、エレガントに美しく着こなしている。

「マーメイドドレスって大人っぽいし色っぽいし、なんか憧れちゃうんですよね。でも、これって体の線がバッチリ出るから、スタイルに自信がないとどうしても選べなくて。それになにより着る人の顔を選ぶ気がするというか。童顔とか、かわいい系の顔の人は似合わない気がしちゃうんです。その点、主任はスタイルいいし大人っぽいし、ちょっときつめの流し目なんかしたらもう絶対にばっちりですよ。主任が結婚するときはぜひマーメイドドレスを！　激推しですっ」

「もしかして、褒められた？」

「ムチャクチャ褒めてます」

「ありがと。ところで、そろそろ退社時間だけどノルマの仕事は片づいてる？　デートなんでしょ。なんなら精査書類あげようか？」

にっこり笑って言うと、香苗はスマイルマークのように両口角を上げたまま目を見開き、美羽子を見て腕時計を見て自分のデスクを見て……それから表情を改めて敬礼をした。

「すぐに片づける次第でありますっ」

自分のデスクへ戻る香苗を見送り、再度雑誌のページに目を落とす。勧めてくれたドレスを視界に入れつつ、その下にあるふわふわしたプリンセスラインのドレスを凝視した。

（こっち！　私、こっちがいい!!　だって、こっちのほうが断然かわいいでしょ!!）

心で絶叫する。

だけど、何食わぬ顔で雑誌を閉じるとサイドデスクに置き、美羽子も仕事の締めに取りかかった。

(なんで……なんでみんな、そうやって大人っぽいものばっかり勧めてくるの！　確かにさ、マーメイドドレスは綺麗だよ、上品だし、素敵だと思う。でも、でも、私はっ……！)

心が荒ぶる。感情のままにキーボードの打撃が強く速くなり表情が鋭くなった。

〝鉄の女〟――アイアンレディと呼ばれ、クールな敏腕主任として有名な美羽子だが……。

(私はっ、かわいいのが好きなのっっ！！！！)

力強くEnterキーを叩き、ハァッと息を吐く。

オフィスが妙に静かだ。

周囲を見ると、なぜか課員たちが緊張に固まっていた。


――幼いころの夢は〝かわいいお嫁さん〟になることだった。

おとぎ話が好きだった。お姫様が出てくる絵本が大好きだった。

お姫様は必ず王子様と結婚してハッピーエンドを迎える。お姫様はみんなかわいい。だから、〝かわいいお嫁さん〟に憧れたし、かわいいものが大好きになった。

美羽子は、幼いながらに重要なことに気づく。

――かわいいお嫁さんになるためには、かわいくならなくちゃならない。「かわいい」と言ってもらえる女の子にならなくちゃならない！

美羽子は、かわいい女の子になるための努力を惜しまなかったのだ。

身だしなみは崩さないように。肌や髪の毛の手入れはもちろん怠らない。だけどお姫様のようになるには中身だって磨かなきゃならないだろう。

おとぎ話のお姫様をお手本に、明るく素直で前向きでいい子に。優しさと勇気と、疎ましがられないくらいの正義感を身につけた。

お姫様は王妃になるんだから、頭だってよくなければならない。教養を身につけなければと、勉強も頑張った。

褒められ、注目され、期待されれば、性格上、それに応えようとさらに頑張った。

頼られ、信頼され、責任感と誠実さが身につくころには、正義感は「いい子」を凌駕するほど大きくなっていた。

乱れのない身だしなみを買われて風紀委員に推薦された。

正義感と勇気を買われて生徒会長などのリーダーになることを求められ、人をまとめて注意する立場に押し上げられて……。

——どこをどう間違ったのか。どこで軌道を誤ったのか……。

どんどん、どんどん、自分が目指したものとは別のものになっていく。

会社で配属されたのは法務部のコンプライアンス課。

とてもではないが、ここで仕事をするなら〝かわいいお嬢さん〟ではいられない。

偏見ではない。コンプライアンスを扱う者として常に己を律し、社員の手本として存在する必要があったからだ。

そして気がつけば、異性と無意識のうちに距離をとるようになっていた。これはおそらく、業務でセクハラ問題などに触れすぎたせいだと思う。

周囲は、美羽子は恋愛に興味がないとさえ思っている。

意思に反して、どこまでも恋愛ごとから遠ざかっていく。

目指したものは〝かわいいお嫁さん〟だったはずなのに。

なにをどうして、こうなってしまったのか……。

いつのまにか、頼りがいのありすぎるアイアンレディが出来上がっていたのである。

そんな美羽子ではあるが、幼いころから変わらずかわいいものは人一倍好きだし、お姫様風のドレスを着たかわいいお嫁さんにも憧れている。

ただ、このままでは本当に憧れだけで終わってしまいそうだなと、最近、切実に思うようになった……。

「……喉渇いた」

ぽつりと口から出た。キーボードを叩く指は、静かにカチッとEnterキーを押して力なく離れる。

見渡せば、いつの間にかオフィスには美羽子ひとり。時刻は二十時になるところだった。

「帰ろうかな……」

ひとりごち、座ったまま両腕を上に伸ばす。その体勢で少し考え、もう少し仕事を片づけていこうと決めた。

今日は金曜日だ。この仕事は急ぎではないから週明けにやってもいいのだが、もし急いで対処しなければならない問題が起これば、この仕事を片づける余裕がなくなる。

イーエムジーホールディングスの社員は基本的に真面目だが、人は小さなきっかけのひとつで足を踏み外す生き物だ。何年も問題なく勤務してきた社員が、急にコンプライアンス上の問題を引き起こす事例を何度も見てきた。

それが会社自体に不利益をもたらすものであったり、職場環境に害をなすものであるのならすぐに動かなくてはならない。不測の事態に備えて、ある程度の余裕は残しておきたい。

法律の問題に発展すれば顧問弁護士の管轄になるのでこちらの手からは離れるが、それでも今日のように関係者から目の敵にされることもある。

手を離れたら終わりというわけでもない。

コーヒーでも飲もうと休憩スペースへ向かう。休憩スペースにはコーヒーマシンがある。美味しくて便利なので、コーヒーは外に買いに行かず、だいたいここで済ませる。

「さすが〝鉄の女〟はすごいな」

そんな声が聞こえて足が止まる。廊下の入り口から休憩スペースを覗くと、自動販売機の前でふたりの男性社員が立ち話をしていた。

「怒鳴りこんできた男を逆に怒鳴りつけて、ビシッと説教したんだってよ。ほんと怖いもの知らずだよな」

「聞いた話じゃ、胸ぐらを掴まれたけど、ねじ伏せて、一喝したって」

「うわ〜、やってんな〜。完全に女捨ててるって感じ。男でもなかなかそこまでやれないな。怪我したくないし」

どうやら今日のことが噂になっているようだ。あれだけ騒ぎになったのだからほかの部署の社員に知られても不思議ではないが、情報が不正確だと溜息をつきそうになる。

怒鳴ったのではなく、声を張って止まるように要求しただけ。説教ではなく、訴える先を教えたまでだ。胸ぐらを掴まれたのは山内だし、拘束したのはその場にいた課員だ。

話がまるで変わっている。

美羽子の行動が誇張されすぎてやしないか。

「あんな上司にはさ、美夕ちゃんも結婚報告なんかできないよな」

「男なんか眼中にない〝鉄の女〟が上司じゃ、『結婚するので辞めます』なんて言った瞬間に怒鳴られそうだ。結婚は自立できない女の逃げ場だとか思っていそう」

「いや、実際に思ってんじゃないか？　そこらの男より頼りになるって女の子たちに言われてるし、一生結婚とか考えなさそう。ってか、男だったらよかったのにな。苗字もあんなに男前なんだし」

「わかる。名は体を表す、の見本。一生あの苗字を貫いてほしい」

「あのままだろ？　〝鉄の女〟と結婚したいと思う男はなかなかいないって」

「絶対ほかの女によそ見できないな」

「夜のほうも週何回って決まりを作られそう。挿れてから何分は持たせること、とかさ。守れなかったらペナルティ」

「キビシー。仕事に精力的だからアッチも精力的、ってか。でもさ、〝鉄の女〟との結婚に耐えられる男がいるかは謎だけど、旦那になる男がある意味羨ましいかも。なんだかんだ言ってもスタイルいいし美人だし。M男なら相性抜群かもな」

「宝の持ち腐れだよな。美夕ちゃんも言ってたよ、本当に男っ気がないからもったいないって。少しでも女だってことを意識してもらおうと、結婚情報誌をさりげなく置き土産にしたって言ってたな」

「なんだそれ、親切なのか嫌がらせなのかわかんないな」

ふたりは笑いながら歩いていく。姿が見えなくなったタイミングで美羽子は休憩スペースに足を踏み入れた。

コーヒーマシンに近づき、紙コップをホルダーに入れてコーヒーを注ぐ。なにも考えられないまま、耳にしてしまった会話がぐるぐると頭を回った。

——結婚は自立できない女が逃げるためにするもんだとか思っていそう。

——そこらの男より頼りになるって女の子たちに言われてるし、一生結婚とか考えなさそう。

結婚に否定的な考えを持ったことはないし、そのような発言をした覚えもない。結婚を考えないどころか縁があればぜひしたいと思っているほうだ。

確かに女子社員からは頼りにされていると自分でも感じる。コンプライアンスに関する相談ばかりではなく、人間関係の相談もよく受ける。

——男だったらよかったのに。

これも、よく言われる。若い層は遠慮があるのか目の前では言わないが、社内外の、年輩の役員には面と向かって言われることも多い。

おそらく、彼らの世代としては褒め言葉のつもりなのだろう。男と同じくらい仕事ができる、頼もしい。そういう意味で使っているようだ。ジェンダー平等に意識が高い女性なら「セクハラだ！」と怒るに違いない。

美羽子自身は言われ慣れすぎていて、今さら感情が波立つことはない。会社内でほかの女性社員に向かって言われると困るのだが、世代による考え方を簡単に修正できるとも思わない。

「世の中に優秀な女性は多いんですよ。ご存じありません？」とだけ返している。

——あんな上司がいるんだから、美夕ちゃんも結婚報告なんかできないよな。

これには、ショックだった。

美夕は、気まずいから報告もできず、電撃的な寿退社を決めこんだのだろうか。

結婚に興味のない、むしろ結婚は自立できない女の逃げ場だと思っている〝鉄の女〟には言えない、馬鹿にされそう、そう思ったのだろうか。

置きっぱなしだった結婚情報誌は美夕が故意に置いていったものらしい。

彼らが言っていたように、女であることを思いだしてほしいから、というのが本当かどうかはわからない。美羽子から見て、美夕は、結婚マウントでいやがらせをするような子ではなかったからだ。

純粋に彼女なりの親切だったのだと思いたい。

人懐こくて明るくて、いい子だった。

けれど、美夕にとって美羽子は、結婚というお祝い事も報告できない上司だったのだろうか。

気持ちが沈んでくる。悲しくなってきて表情が歪(ゆが)み、唇を内側に巻きこんだ。

——夜のほうも週何回って決まりを作られそう。

(……いや……ちょっと待ってちょっと待ってちょっと待って!)

そのセリフを思いだしたところで、沈んだ気持ちさえ吹き飛んでいく。なにを言われていたのかを意識した瞬間、急に恥ずかしくなった。

——挿れてから何分は持たせること、とかさ。

(だからっ、待って、ちょっと待って、い、い、い、挿れ……とか、だから、だからね!)

——仕事に精力的だからアッチも精力的、ってか。

(処女なんだから、そんなわけがないでしょうっっっ!!!!)

頭のなかが大嵐になっている。あまりの言われように両手で顔を覆ってしまった。

(恥ずかしい……どうしてそんなことまで言われなくちゃならないんだろう……)

美羽子は――処女である。

幼いころから自分を磨き〝かわいいお嫁さん〟を目指すために鍛錬をしすぎたせいなのか、異性に迫られた記憶はない。恋心をいだけるような相手との出会いもまったくなかった。

いや、……まったく、ではない。

この会社に入って、恋心が揺らめいた経験はあるのだが……。それを胸の奥に押しこんでしまったのだ。

――かわいらしさにあふれた女性が似合いそうな男性だった。

美羽子のような、アイアンレディではなくて……。

耳まで熱くなってきて、思わず両手で耳を覆う。周囲に誰もいなくてよかった。こんな姿、人には見せられない。

(私……ずっとこのままなのかな)

羞恥心が悲しさ、ついでに情けなさまでを連れてくる。

二十九歳にもなって、こんなことで動揺しまくってしまうなんて恥ずかしい。年相応に、余裕で対処したいのが本音だ。

しかし、できないものはできない。性経験がないだけに、その手の話題には疎いのだ。

男女間の問題を仕事で扱うときはまったく気にならない。冷静に適切な助言や対処ができる。

しかし自分のことになると、てんで駄目になってしまう。

(情けない……!)

わかっている。不甲斐ないのは自分が一番よく知っている。

けれど、どうしようもない……。

「どうした？　大丈夫ですか？」

(この声)

恥ずかしさも情けなさも、すべて溶かして慰めてくれそうな、心地よい声が耳朶を打つ。

——美羽子が、大好きな声だ。

力が抜けそうになる。気持ちがゆるんでいく。けれど、意識してそれらを振り払い無理やり自分を律した。

背筋を伸ばし、表情を引き締めて声のしたほうへ顔を向ける。

「どうもしませんよ。社長こそ、どうなさったんですか？　こんなところで」

いつの間にか休憩室の入り口からこちらを覗いていたのは、一文字駿斗。イーエムジーホールディングス経営者一族の御曹司にして、社長である。

御年、三十三歳。一八五センチという長身と、それに見合ったスーツ映えする体躯。眉目秀麗を実物で表すときっとこういう顔だろうと思われる、整いすぎた相貌。

早い話が、誰もが見惚れる男前の美丈夫なのだが、外見だけではなく中身も実に優秀。

国内最高峰の国立大を卒業後、アメリカの会社で四年間働き、大きな成果を上げて帰国した。

イーエムジーホールディングスに新人として入社した彼は、三年間いち社員として働いたあと御曹司という身分を明かし、副社長としての二年間を経て社長に就任した。

アメリカでの四年と、ここでの三年で、彼は親の威光に頼らない実力を見せつけたのだ。副社長、社長に就任するとき、誰からも反対の声は上がらなかった。

「通りかかったら、鎧塚さんを見つけた。うしろ姿だけですぐにわかりました。顔を押さえたり耳を覆ったり、もしかして具合でも悪いのかと」

二十五階建ての自社ビルで、社長室は最上階にあり、法務部は二十階にある。なんの用事があってこのフロアにいたのかは知らないが、ひとりでバタバタしていたところを見られてしまった。

「恐れ入ります。ちょっと疲れているのかもしれません。今週はイレギュラー続きで忙しかったので」

「ああ、そういえば今日、乱入騒ぎがあったと聞きました。鎧塚さんが見事におさめたって？さすがですね」

「褒めていただけて光栄です。これでまたふたつ名に箔がついたとはと思っていますよ。そのうち〝鉄〟じゃなくて〝鋼鉄〟になるかもしれませんね」

アハハと軽く笑うものの、自虐はすぐに失速する。

完全に話題の選択を間違えた。

一緒に笑ってもらえるかと思ったが、駿斗の表情はハッとしたように、真剣みを帯びてしまっている。傷ついた感情が、かくしきれずに表情に出ていたのかもしれない。

「鎧塚さん」

「はい……」

「なにか、悩みがあるなら相談に乗ります」

「いえ、特には……」

「相談してほしい。昔みたいに」

吸いかけた呼吸が止まった。そんな美羽子に構わず、駿斗は言葉を続ける。

「同期だろう」

口調が砕ける。それに触発されて脳裏に浮かぶのは、彼と〝同期〟として過ごした三年間。

――そして、胸の奥に抑えこんだ淡い気持ち……。

思い出があふれて止まらなくなる前に、美羽子は意識して自分に強く言い聞かせ表情を引き締める。

――彼は、別の世界の人だ。

「〝社長〟に言葉をかけられたからって、調子に乗ってくだらない話ができるほど世間知らずではないつもりです。仕事に戻りますね。失礼いたします」

美羽子は一礼すると、その場を急ぎ足で離れる。

無人のオフィスに戻り、自席の椅子に勢いよく腰を下ろして頭をかかえた。

「どうして……あんなときに現れるの……」

絞り出す声は泣きそうに震える。

駿斗とは同期入社だった。同僚として三年間を共に過ごした仲だ。

気軽に仕事の話をして、気軽に一緒に食事をしたり飲みにいったり。仕事で悩むことがあれば相談したし愚痴も言えた。

同僚として、友だちのように仲がよかったのだ。異性とこんなに打ち解けたのは初めてで、美羽子の心には恋心が芽生えていた。

だがそんな関係も恋も、彼がイーエムジーホールディングスの御曹司だとわかり、副社長に就任したときに終わった。

どんなに気さくで人当たりがよくつきあいやすくたって、大企業の御曹司で跡取りだ。おまけに副社長などという、美羽子には縁のないところへいってしまった。

極めつきは、彼が副社長に就任したときについた秘書である。

とても魅力的なかわいらしい女性だった。もしかしての予感どおり、縁談を視野に入れた配属らしいという話を聞いた。

駿斗がエントランスでその秘書と笑顔で話しているのを見かけたことがある。それが見たことのない特別な笑顔に見えて、胸が苦しくなった。

ややしばらくして秘書が男性に替わった。風の噂で縁談が白紙に戻ったとか、社長がフったとか……。

それから駿斗には、いろいろな女性との噂が立つようになった。実際、美人と一緒にいるのを見たという話も耳にした。

大企業の御曹司。おまけに眉目秀麗を絵に描いたような容姿。

彼とつり合う家柄の女性が、放っておくわけがない。

ただの同期なのだと信じて疑わなかったころに、芽吹いたあたたかな気持ち。美羽子はそれを、胸の奥に閉じこめるしかなかったのである。

「ママ〜、日本酒お代わり〜、冷(ひや)で」

小料理屋のカウンターで、ひとりイカ飯(めし)をつまみながらグラスを掲げる。

目の前に徳利と猪口(ちょこ)が置かれた。

「ぬる燗(かん)にしといたから、それでちびちびやりなさい」

カウンターの中で馴染(なじ)みの女将(おかみ)が渋い顔をする。真似して美羽子も渋い顔をすると「めっ」と小さな子どものように叱(しか)られてしまった。

「美羽子ちゃん飲みすぎだよ。ピッチが速い、それも冷ばっかり。それは駄目な飲みかたよって言ってるでしょう。もう、何回言っても……」

女将はそこで言葉を止め、美羽子の頭部越しに店の入り口に視線を向けるとニヤっとする。

「お説教は別の人に任そう。あとはよろしくね、ライダーくん」

「その呼ばれかた、すごく久しぶりですよ。俺にも日本酒くれます？　冷で」

楽しそうに言いながら美羽子の隣の席に座ったのは駿斗だ。ぎょっとして言葉も出ない美羽子をよそに、彼は呑気(のんき)に女将と笑い合っている。

「だーめっ。ふたりでぬる燗でも飲んでなさい。ライダーくんもイカ飯食べる？　実家の小樽(おたる)からいっぱいイカ送ってもらったから、張りきって仕込んだんだ」

「女将さんの力作食べたいです。お願いします。それと、やっぱりほうじ茶」

「飲まないの？　車？」

「これから美羽子さんを口説こうと思っているので、正気を保っておこうと思いまして」

落ち着くため水に口をつけていたというのに、駿斗のひとことで噴き出してしまった。

「あらあ、それならイカの姿焼きでも出そうか。イカはタウリンたっぷりで元気出るよ」

「お昼の会議でステーキ弁当が出たので大丈夫です。肉増し増しだったので全身元気いっぱいですよ」

「それは頼もしいわ」

話しながらちゃっちゃとイカ飯とほうじ茶を用意した女将は、お通しの土佐煮と本日サービスのゲソ揚げを駿斗の前に置く。「ではごゆっくり～」と意味ありげに笑いかけて、ほかの客の相手をしにいった。

「イカ飯美味そう。それにしてもイカ祭りだな」

「……社長」

「いただきますっ。……んっ、ん、ん、うまっ、えー、美味いな、これ。今まで食べたイカ飯のなかで一番かも」

「社長……」

「やっぱりイカが新鮮だからかな。旨味が濃い。中のもち米に味がしみて最高だ」

「社長っ、人の話をっ」

強めに言葉を出した瞬間、駿斗にひたいを指先でつつかれて言葉が出なくなってしまった。

つつかれて痛かったからではなく……懐かしかったから。

普通の同期であると疑問も持っていなかったころ、よく駿斗にひたいをつつかれた。

——初めてつつかれたのは、法務部に配属されたばかりのころ。

法学部出身でもないのに法務部への配属。その理由がわからなくて「どうして私が法務部なんてすごい部署に……」と弱音を吐いたとき……。

『俺はいいと思うよ。鎧塚さんに合っていると思う』

美羽子のひたいをつついて、駿斗はとても清々しく笑ったのだ。

曇った心に射しこむ、太陽みたいな笑顔だった。

『法務部っていっても、鎧塚さんはコンプライアンスだろう？　ほら、生徒会長とか風紀委員長とか、学生時代にやってたって言ってたし、合ってるよ』

『学生の役員活動と一緒にしないでください。私、法律の専門的なことなんてわからないし、仮に今から勉強したとして、素人（しろうと）がわかった気になって大きな間違いを起こしたら……どうしようもないじゃないですか』

予想外すぎたのだ。いつもならば手がけたことがなくても前に進むためにチャレンジするのに、そのときはなぜか弱気になっていた。

するとと駿斗は、またしても美羽子のひたいをつついて笑ったのだ。

『俺が、鎧塚さんならできる、って言ってるんだからできるっ。俺は、やろうとしていることに鎧塚さんがエールをくれたら、できる、って自信が持てる。鎧塚さんは、俺からのエールじゃ足りない？』

「そ、そんなことは……」

焦る美羽子に、駿斗はおだやかに言い聞かせる。

『入社前研修のとき、ディスカッションがヒートアップしすぎて、喧嘩になりかけたチームがあっただろう？』

『はい……』

『あれをいち早く止めたのは鎧塚さんだった。体格も大きく声も大きい男四人を、君は、今ここで彼らが争うことになんの意味があり利益があるのか、その場にいる指導係の社員や役員、同期たちへの影響を含めて問い質し理解させ場をおさめた。――素晴らしい弁舌だった』

改めて褒められると照れる。

あのとき、動かずにはいられなかったのだ。血気盛んな男性四人がヒートアップして口論を始めた。女性の同期たちは怖がるし、近くの男性たちは止めるに止められない。

そしてなんといっても、研修には指導役の社員と監視役の役員がいた。口論を始めた彼らのうち誰かがほかを言い負かしたとしても、なにもいいことはない。

止めるしかなかった。

『法務部には弁護士の先生方がいる。君が自信がないと迷っている専門知識が必要なことは先生方の担当だ。コンプライアンスは規則やルールで、会社と社員を守る。そのためには、守らせる技量が必要だ。俺は、鎧塚さんにはその才があると思う。素晴らしい人選だ』

彼の言葉に圧倒された。できるかもしれない。彼が言うのだから大丈夫。そんな気分にさせられた。

『一文字さん……、すごく詳しいですね。なんだか貫禄がありますよ。同じ新入社員とは思えないです。年上の余裕ですか？』

『俺は四年間アメリカにいたんだよ？　コンプライアンス発祥の国だ。そこで骨の髄までコンプラに浸かった俺が太鼓判を押す。鎧塚さんは、法務部で大活躍する』

トンッ……頭が大きくうしろに倒れるくらい、力強くひたいを突かれた。痛くはない。かえって、力強いなにかを注入されたような気がして……。

（そうだ……法務部で頑張れたのは、社長のあの言葉があったから……）

当時を思いだして胸の奥がじんわりと熱くなる。

「社長……」

つつかれたひたいを指で押さえると、駿斗がクスリと笑った。

「仕事の時間は終わってる。プライベートだから、今の俺は社長じゃない」

「そんな……」

「だから、調子に乗ってくだらない話をしたっていい」

社長にくだらない話ができるほど世間知らずではないと美羽子が言ったからか、終業後のプライベート時間ならば〝社長〟ではないという。

なんて、調子がいいんだろう……。

とはいえ、駿斗がそういう男なのはよく知っている。

休憩スペースで美羽子を見つけ、様子がおかしかったから気になったのだろう。話を聞こうと声をかけたら社長という立場が邪魔をしたらしい。だから、社長の肩書きを下ろして話を聞こうとしてくれている。

「よく……私がここにいるってわかりましたね。つけてきたんですか？　ストーキングですか？」

「コンプラの敏腕主任にストーカー行為するなんて、自殺行為だろ。そんなことをしなくたってわかる。……鎧塚さんは悩んだり落ちこんだりすると、ひとりでここにくる。昔からそうだ」

「……よく覚えていましたね」

「同期の仲間でよくきた店だ。楽しかった思い出しかない。鎧塚さんは本当に頑張り屋で、仲間内でも弱音を吐かない人だった。落ちこんだときはいつもここで、ひとりで飲んでいて」

「それを見つけるのは、いつも社長でしたね。私がひとりでここで飲んでいるといつも社長が現れる」

弱音を吐きたくても、愚痴を言いたくても、なかなかそれを人に言えない性格だ。清廉潔白なかわいい女の子を目指しすぎた結果、人を頼らない、なんでも自分でできるいい子が出来上がった。

……向けられる期待値が高すぎて、頼ることも愚痴を言うこともできなくなっただけだ。

悩んで落ちこんで、ひとりで飲む美羽子に声をかけてくれたのは、駿斗だった。

「俺にはね、鎧塚さんセンサーがついてるんだ。だから、なにか悩み事があってひとりで飲んでるってすぐにわかる」

「なんですか、それ。ちょっと気持ち悪いですよ」

「仲間思いだって言ってほしいな。……んっ、ゲソ揚げも美味い。リーズナブルだし居心地はいいし、やっぱりこの店は好きだな。昔は仕事帰りに通ったっけ。毎日のように鎧塚さんと夕食をここで食べていたのを思いだすよ。懐かしいな」

「私も、さっき社長が女将に『ライダーくん』って呼ばれたのを聞いて、ものすごく懐かしくなりました」

「わかる、わかる、俺もっ」

アハハハと声をあげて笑う駿斗に、同期だったころの彼を見ている気分にさせられる。

ふっと気持ちが軽くなったせいか、落ちこんでいた気持ちも楽になってきた。徳利を手に猪口を駿斗に勧めるが、彼は手を振って遠慮する。

彼が自分の車で通勤しているのは知っている。女将には美羽子を口説こうと思っているから飲まないなどと軽口を叩いていたが、車だから遠慮しているだけだろう。

車で帰る彼に酒を勧めたら悪い。美羽子は自ら猪口を口に運んだ。

「今でも言われることありますか？『昔テレビで観ていたヒーローと同じ名前だ』って。役職レベルの年齢の方のほうが知っていますよね」

駿斗のフルネーム、一文字駿斗は、今でもテレビシリーズとして続いている変身ヒーローものの初期の主人公と同じ名前なのだ。駿斗、の漢字は違うのだが読み方は同じで、父親かそれより少し上の世代にはなじみが深いらしい。

「最近は初対面では言われなくなったね。社長になりたてだったころまでは初対面で面白がられたものだ」

「それだけ社長の功績と実力が認められてきたってことじゃないですか。最初のころは若社長っていうことで軽く見られていたんでしょうけど、隙を見せたら足をすくわれるとわかったんでしょう。いいことですよ」

「そうなんだ、最初のころはムチャクチャ甘く見られていたからな～。古くからの取引先なんかに行くだろう。あからさまに『こんな若造にトップを明け渡すなんて、イーエムジーも終わりだな』って顔をされたからね。副社長時代にしっかり成果は上げていたはずなんだけど、年齢で判断されてしまったらどうしようもない。年功序列社会に浸かってきた人たちが多いからね」

「社長はアメリカでの実績もあるじゃないですか。それも知らないなんて、先方の情報不足ですよ。っていうか……」

それって老害……と出かけるものの、ここはひとまず抑えておく。

言葉をぬる燗と一緒に呑みこみ、話の方向を変えた。

「でも、名前でいじられるのは、私と同じですよね。私も昔から強そうな名前と言われてきました。今なんて名は体を表す、なんて言われてるし」

「そうかな……、鎧のイメージって、がっしりしているとか硬いとか冷たいとかだと思うけど。コンプラの主任として社員を守ってくれているってこと？」

「そういえば、社長、新人の子たちに『誰にも相談できない悩みはコンプラの主任を頼りなさい』とか言ってるでしょう」

「言っているけど？」

「仕事以外のお悩み相談まで舞いこむんですけど……」

「鎧塚さんが信頼されている証拠では？　悩みを掘り下げて聞いたからこそコンプラ案件になったこともあっただろう？」

「信頼されるのは嬉しいですよ。頼もしすぎて〝鉄の女〟も定着しましたし、ヒアリングにも容赦がないらしく、アイアンレディならまだしもコンプライアンス課のアイアンメイデンなんて言われることもありますよ」

アイアンメイデンとは初耳だったのか、ほうじ茶を飲んでいた駿斗が軽くむせた気配がする。

言いながら笑っている自分が情けない。こんな自虐的なことを軽く口にしてしまうなんて。

徳利がカラになってしまった。前を通りかかった板前の男性に素早くビールを注文する。すぐにコップと瓶ビールが出てきた。

「知ってます？　アイアンメイデン、中世の拷問器具ですよ。ヒアリングで対峙したらあとがないって言いたいんでしょうね。すごいものと一緒にされちゃってるって思いません？」

ビールを注いで勢いよく流しこむ。口に出してみると、どうしてここまで言われてしまっているのだろうと改めて悲しくなってきた。

誠実に仕事と向き合っているだけ。その誠実さで積み上げたキャリアが、美羽子をどんどん優秀な人間にしている。と同時に、周囲からは女性らしさのない強い人間だと認識されてしまった。

どうしようもない。

イーエムジーホールディングスの鎧塚美羽子は、慕われ頼られ畏怖される〝鉄の女〟なのだ。

「……かわいくないなぁ……」

悲しくなってきた。ぽろっとこぼれた言葉のトーンはあまりにも弱々しくて、驚いたのか駿斗がじっと美羽子を見ているのが視界に入る。

「なんで……こんなにかわいくないんだろう……」

「そんなことは……」

「今の会社を辞めて、私のことなんか誰も知らないところで再スタートしたら……もっとかわいげのある女になれるかな」

「ストーーーーーーップっ。考えちゃいけないところまでいっちゃってるから、いったんクールダウンしようっ。すみません、お水ください」

カウンターに向かって声をかけると、女将がやってきた。

「わっ、美羽子ちゃん、ビールって、大丈夫？　今日は飲みかたが悪い子ちゃんだなぁ。うちの弟みたい。ちょっとライダーくん、頼んだよ」

「任せてください」

女将から水の入ったグラスを受け取った駿斗が、美羽子の手からビールのグラスを取って代わりに持たせる。

「ほら、お水飲んで。愚痴でも悩みでもなんでも聞くけど、辞めるなんて話は聞きたくない。だいたい、鎧塚さんはかわいいよ、自覚ないの？」

「とんでもなく信じられない言葉を聞いた気分です」

受け取った水を喉に流しこむ。頬が熱い。これは、酔ってきたせいということにしてもいいだろうか。

(かわいいとか……言わないでよ……)

不覚にもドキドキしてしまう。胸の奥に押しこんでいる気持ちが勝手に顔を出しそうになるのを必死に抑えるが、もどかしさにムズムズする。

彼にいだいていた恋心を起こさないよう、心の堤防が崩れないよう、必死なのに。

駿斗は、いとも簡単にそれを壊そうとする……。

壊されてはいけない。ここは毅然と意見すべきところだ。気やすく女性に「かわいい」なんて言葉をかけるなと。

モテすぎるせいで言い慣れているのかもしれないけれど、言われて気分を悪くする女だっているのだと。

プライベートとはいえ、同じ会社の女性に対しての言動は特に気をつけないといけないと。

(言わなきゃ!)

「……かわいいとか言っちゃって、社長は優しいですね。だからモテるのかな……」

口調はおだやか。それも、少し照れたトーン。

(違う! そうじゃなくてっ! それにもっとこう、キリッと言え! 私っ!!)

「心にもないことを言うものじゃないですよ」

だけど、キリッとするどころか、気持ちも声もフワフワしている。

「ないどころかずっと思っていた。鎧塚さんは、かわいい」

「社長……」

かわいいなんて言われたことがない。胸がぎゅっとする。冷で飲んだ日本酒の酔いが、お待たせとばかりに今ごろ回ってきたのかもしれない。

「社長は昔から聞き上手ですよね。それもモテる要因かな」

「モテないよ」

「さすがに無理のある謙遜ですね。それ、ほかでは言わないほうがいいですよ。嫌味に聞こえるかも」

「……本当にモテたい相手にモテないし」

そのとき勢いよく小料理屋の引き戸が開き「ママー、お腹空いたー」「こんばんはー」と元気のいい大学生のグループが入ってくる。

若い声が店内に響き、駿斗の言った言葉をかき消した。

聞き逃したなと思いつつ土佐煮をつまみ、ビールのコップをグイッとあおって飲み干す。うしろで「おおーっ」と歓声があがった。顔を向けると、今入ってきたグループの男の子が数人こちらを見ている。

女だてらに飲みかたが豪快だとでも思ったのだろうか。初対面の人にまで「強そう」と思われるレベルになってしまっているのかもしれない。

「鎧塚さん、違う場所で飲み直そう」

「え？」

立ち上がった駿斗は、さっさとふたりぶんの会計をする。美羽子はまだしも彼は来たばかりなのに、いいのだろうか。

「ライダーくん、もう帰っちゃうの？」

案の定、女将が不満そうに声をかける。駿斗からカードを受け取った女将の手元を見て、美羽子は慌てて口を挟んだ。

「あっ、私のぶんは現金で……」

「また来ますよ。イカ飯美味しかったです。仕事熱心な弟さんによろしく」

「ライダーくんのほうが会うじゃないの」

駿斗は、財布を出そうとする美羽子の言葉ごとさえぎるように前に立ち、女将と和気あいあいと話を続ける。そして当然のようにふたりぶんの会計を済ませたカードが返ってきて、駿斗に背中を押されながら店から出されてしまった。

「そこの駐車場に車を停めてある。行こう」

「社長、これ」

財布から出した五千円札を素早くたたんで駿斗のスーツの胸ポケットに差しこむ。が、間髪(かんはつ)を入れずに返された。

それも美羽子のスーツのポケットに指ごと入れて、そのまま動きをストップさせる。彼の指が腰骨にあたってむず痒(がゆ)い。

「久しぶりに鎧塚さんと一緒に話せて嬉しいんだ。ここは気分よく払わせてくれる？　このお金は今度、コーヒーでも奢ってくれるときにつかって」

「そうすれば、コーヒーを飲みながら、また鎧塚さんと話ができる」

「今度……」

酔いも手伝って、駿斗ににこりとされると気持ちがふわふわする。

「はい」と小さな声で了解すると、ようやく美羽子のポケットから指を出した駿斗に駐車場へとうながされた。

ふたりでコーヒーを飲みながら話をするなんて、気軽に同期として一緒に仕事をしていたころを思いだす。

いまさらではあるけれど、あのときに自分の気持ちを伝えていたなら、今ごろどうなっていただろう……。

駿斗の優しさにほだされて甘い夢を見そうになる。しかしそれをすぐに自ら打ち砕いた。

どうにもなりはしなかったはずだ。駿斗は誰にでも優しいし、気遣いをする人だ。

女性が惹かれずにはいられないオーラを持っている。だから女性との噂が絶えない。

駿斗と噂になるのは、ほぼ社長や重役クラスの令嬢だ。モデルと噂にもなっていたが、それも資産家の娘だった。

噂になった相手を見てみると、どれも家柄がよくてかわいい女性だった。なんといってもお嬢様だ。髪型も表情もメイクも、女性らしく華やかでまるでお姫様みたいだった。

駿斗と並べば、まるで、幼いころに憧れたおとぎ話の王子様とお姫様。

そういったタイプの女性とばかり噂になるのは、彼がそれを求めているからだ。

間違っても、美羽子のような〝鉄の女〟ではない。

オフィスで見たブライダル雑誌。美羽子が一番気に入ったドレスだって、そういったかわいらしい女性になら似合う。

――美羽子だって、そんなかわいい女性を目指していたはずなのに……。

「すごいですよねー、考えてみてください、アイアンレディなんて言い方はこじゃれてますけど、つまりは〝鉄の女〟ですよ。すっごく勇ましいでしょう。いやではないですよ、イギリス初の女性首相がそう呼ばれていたって考えると誇らしくもあります。でも、でもね、断じてアイアンメイデンではないっ。私のヒアリングは拷問かっ。私のヒアリングで身体中から血が噴き出すのかっ」

駿斗に連れてこられたのは、高級ホテルの上層階にあるバー。オーセンティックで静かで席がゆったりと配置されていて、心地がよい。落ち着ける雰囲気だ。案内されたボックスシートは半個室で特別感があった。

小料理屋で飲んだ酒も残っているなか、こんな高級感あふれる場所に駿斗とふたりきり、おまけに大きな窓から見える都心の夜景がロマンチックすぎる。

置かれた状況に気持ちが昂り、ずいぶんと口が軽くなっていた。

駿斗はといえば、美羽子の横で楽しそうに笑いながら話を聞いてくれている。

「血は噴き出さないだろうけど、冷汗は噴き出してるんじゃないか？　仕事中の鎧塚さんはキリッとしてカッコいいから」

「男みたいって言いたいんですか」

「カッコよくて綺麗だって言いたいんだよ。鎧塚さんは美人で黙って立っているだけでも綺麗オーラが出てるから」

「またまたぁ、この褒め上手さんめっ」

笑いながら駿斗の背中をポンポンっと叩く。……ポンポン、よりは少々強めだった気もした。

「本当だよ。鎧塚さんは昔っからカッコよくて綺麗だから。仕事で待ち合わせをするとき、絶対に俺が先に来ていただろう？　なぜだと思う？」

「そういえばそうでしたね。時間に余裕をもって行動するタイプなんだなって感心してましたよ。あ～、でも、私が時間を間違って三十分早く着いちゃったときにもすでに社長がいて、さすがに早すぎ、っておかしくなったことがあります」

「待ち合わせ場所にひとりで鎧塚さんを立たせておいて、おかしな男に声をかけられたら大変だから。絶対に俺が先に待っていようって決めていた」

高かったテンションがふっと静まる。代わりに胸の奥からあたたかい感情がぶわっとあふれてきた。

(……優しすぎる)

おかしな男に声をかけられたら大変だから先に待っていようなんて、ただの同期に対してそこまで考えてくれる。

三十分早く到着してしまったときでも彼は笑顔で待っていたのだから、いったい何分前から待機していたのだろう。

彼が誰に対してもこういう優しさを持っているのだと理解していなければ、間違いなく誤解していただろう。むしろ誤解したい、とまで思える。

「そんなことしなくたって……、私に声をかける男性なんていませんよ。立ってるだけで威圧感あるみたいだし。その証拠に、社長が先回りして待っていてくれなくなった今でも、声なんかかけられたことありません」

「そうだな。今の鎧塚さんは前より美人になった。凛として美人すぎて畏れ多い……って、思う男が多いだろうから声はかけにくいかも。でも、あのころは今より隙があるというか、危なっかしく思える部分もあって放っておけなかった」

ロックグラスを持った手に軽く顎をのせ、駿斗は物憂げに視線を流す。ただでさえ綺麗な顔が、薄暗いバーの照明のせいで美術品のように見えてきた。

「社長だけですよ。そんなふうに、私を女扱いしてくれるのは」

「何度も言うけど、鎧塚さんはかわいいよ。性格も顔もかわいい。かわいいものも好きだろう？一緒に取引先へ渡すお土産を選びに行ったり、イベントの買い出しに行ったりもしたけど、鎧塚さんが選ぶのはいつもセンスがよくて……かわいいものばかりだった」

頬が熱くなってきた気がして、酔っているせいにしようと手にした水割りのグラスをカラにする。テーブルに戻すとすぐに駿斗が目の前にあるボトルでお代わりを作ってくれた。

「でも鎧塚さんは、自分がかわいいものが好きだって、かくしている気配がした。センスがよくて大人っぽい、隙がなくてカッコいい鎧塚さんはもちろん素敵だ。けれど俺は、同期時代に感じた、かわいいものを見て秘かにワクワクしている鎧塚さんも、とてもかわいいって思う」

耳まで熱い。なんだか泣きたくなってきた。

なぜ泣きたいのか、感情がごちゃごちゃしている。

彼と過ごした同期時代のなつかしさ、そのころから女性扱いをしてくれていたという事実と、表に出していなかったはずのかわいいものが好きな性格。誰が気づいていなくても、駿斗だけはわかっていてくれた。ぜんぶ、バレていた。

恥ずかしいのに……嬉しい。

「ありがとうございます……。社長に、そんな……気づかれていたのがすごく恥ずかしいのに、嬉しくて泣きそうです……」

何気なく視線が合うとクスリと微笑まれる。その顔がなんと表現したらいいのか、艶っぽすぎて、顔から火を噴きそうなほど熱くなる。

(頭、くらくらしてきた……)

自分をわかってくれている人に慰められている。そういった状況には慣れていない、というか初めてだ。

鼓動も大きくなっているし、胸の奥できゅんきゅん弾けるときめきも止まらない。胸骨が砕けてしまいそうだ。

水割りに口をつければ、この世のものとは思えないほど芳醇で美味しい。カタログでしか見たことがないプレミアムウイスキーなのだから、美味しいのも当然だ。

だが、それ以上に駿斗が作ってくれたという事実が、この一杯を最上級なプレミアムにしている。

(最高にいい日。私、このあと死んじゃうんじゃないだろうか)

人生の幸運を一気に使いきった気さえする。——それなら、この胸にかくしたものをすべて吐き出してもいいのではないだろうか。

理解してくれている駿斗になら、言ってしまってもいい。

「……かわいいもの、好きなんです」

ぽそっと呟いてから、急いでグラスに口をつける。もうバレているとはわかっているけど、人前で口にしたことがないだけに反応が気になる。チラッと駿斗を見ると、彼はにこやかに見守っていてくれた。

（よかった。引いてる顔されてない）

ホッとして気持ちが軽くなる。

「猫とか犬とか、うさぎとかハムスターとか、小動物なんかすっごくかわいくて好きだし、動画サイトで一日中眺めていられるほど好きです」

「それなら俺も一日中見ていても大丈夫。動画サイト、お気に入りチャンネルとかある？　すっごくお勧めのウサギのチャンネルがあるから、今度教える」

「あっ、それなら私、お気に入りの仔猫のチャンネル教えます。転がる毛糸玉を追いかけて捕まえたと思ったら一緒に転がっちゃったり。すっごくかわいいんですよ〜」

「仔猫か、楽しみにしてる。そんなに好きなら、鎧塚さんはなにか飼っていないの？　ひとり暮らしだったよね」

「飼いたいと……思ったことはあるんですけど……」

言葉を濁し、美羽子は水割りを喉に流しこむ。ハァーっと長い息を吐いて、切実な想いを吐露した。

「飼いたいなって思ったことは何度もあるんですよ。でもね、私のことだから、きっとかわいい姿とか見ちゃうと黙っていられないと思うんですよね。つい会社で『うちのペットがかわいい』って自慢話を漏らしてしまうとするじゃないですか。それを聞きつけた人が、私がペットを飼っているって話を広めたとします。たとえばそれが猫なら『猫とか似合わない！　トラかヒョウの間違いだろ！』って言われるのがオチなんですよ。『食用だろ』って言われちゃうかもしれない。私が飼うペットのイメージって、きっと熊とかライオンとか大蛇とかステゴザウルスとか閻魔大王とかなんですよっ」

「ペットとしては、全部どうかと思う」

駿斗は、苦笑しつつも楽しげに聞いている。

「イルカとかペンギンだってかわいいと思うし、イルカのぬいぐるみとか部屋にあるし、ペンギンのキャラクターグッズも持ってるし、水族館や動物園が好きだけど、なぜだか裁判の傍聴マニアだって噂があるんですよ。そんな、法務部所属だからって裁判が好きなわけないじゃないですか。むしろ傍聴マニアなのは法務部顧問弁護士の鹿原先生だし。一緒に行こうって誘われたけど、断ったしっ」

「……ふーん、それは初耳だ」

駿斗の眉がほんの少しひそめられたが、そんな顔さえも彼の秀麗な顔を彩る飾りにしか見えず、酔った頭で綺麗だなと思いつつ、話し続けた。

「そうですよ、殺人事件の裁判なんて聞きたくないし、裁判で人が争っているのを見るのも怖い。怖いのなんかいやに決まってるでしょう。今日みたいに怒鳴りこまれたら、暴力を振るわれたらって怖いし、オフィスがパニックになっちゃうから、そうなる前に止めなくちゃって必死なんですよ。だからよけいに気持ちをしっかり持って制止するんです。それを『女捨てる』とか言われちゃったら、落ちこむでしょうっ」

グイっとグラスをあおる。

肩を上下させてひと息つくと、カラになったグラスを取られ、代わりにチェイサーのグラスを渡された。

「鎧塚さんは頑張ってるよ。自分が怖くても同僚を守ろうとする、素晴らしいよ。今日も必死になってくれたおかげでオフィスの平和は守られたんだろう？　鎧塚さん得意のたたみかけ話術は最強だね」

「……あれ、もともとは鹿原先生のアドバイスなんです。残念なことに女の主任は軽く見られることが多いから、相手が言い返す隙を与えないくらい一気にたたみかけてビシッとまとめなさいって。相手に主導権は絶対に握らせるなって。なんでも、鹿原先生が毛嫌いするほど苦手な検事さんの手法らしいんですけど、言われたとおりにやって成功してます」

「褒めて損した……」

「はい？」

「なんでもないよ。ほら、少し水でも飲みなさい」

チェイサーに口をつけると、水がスゥッと喉から体内に落ちていくのを感じる。口腔内のアルコールが流されて口から吸いこむ空気が清々しい。心地よさに引っ張られて、美羽子は弱音を吐いた。

「私、ずっとこのままなんでしょうね……」

「ずっと、って？」

「会社で、ずっとアイアンレディって言われながら定年までいるんだろうなって。……私ね、小さなころの夢が〝かわいいお嫁さん〟だったんですよ。笑えるでしょう？」

かわいいプリンセスラインのふわっと広がるドレス。もちろんブーケにもかわいい花を使って、大きなリボンで束ねたい。

「今日ね、寿退社した子が置いていった結婚情報誌のウエディングドレスを見ていて、仲のいい同僚の子は、私には大人っぽいドレスが似合うって言ってくれたんですけど、私はお姫様みたいなふわっとしたドレスのほうが好きなんですよ。なんならウエディングドレスは大好きです。かわいいでしょう。……一生着ることはないだろうから、一人でウエディングドレスを着て記念撮影してくれるツアーにでも参加しようかな、なんて本気で考えて、いろいろ調べちゃった……」

「一生ないなんて……」

「ないですよ……。〝鉄の女〟と結婚しようなんて思う人はいないし、このままずっと、独身のまま。それも生きかたのひとつですから、そうしたい人はいいと思うんです。でも……」

気ままな独身生活。それもいい。あいにく仕事は楽しいしやりがいもある。

それでも、子どものころの夢を、憧れを思いだすと、泣きたくなってしまう。

視界がなんとなくにじんできて、よけいに自分がみじめに思えてしまう。

「なんでだろう……こんなはずじゃなかったんですよね……。なのに二十九になっても処女だし、会社では〝鉄の女〟なんて言われて、このまま一生、女扱いされないまま終わるのかなあ」

言わなくてもいい、よけいなことまで口から出てしまっていた気がする。

——処女だし……は、よけいだったのでは……。

直視はできないものの、視界に入る駿斗がじっと美羽子を見ているのがわかる。今まで学校や会社では一度もさらしたことのない弱い姿を、駿斗に見せてしまった。

（失敗したかも――）

気まずさがじわじわと襲ってきて、美羽子は視線をそらしたまま自ら水割りを作り、グラスを握りしめた。

「これは、願ってもない」

嬉々として言葉を発した駿斗は、とんでもない言葉を口にする。

「それじゃ、鎧塚さんの処女は俺がもらうとしよう」

とんでもないことを言われた……はずだ。

第二章　甘くほぐして変わらせて

とんでもないことを言われた……はずだったのに……。

あれよあれよという間に部屋を取られ、気がついたらバーが入っていたホテルのスイートルームに足を踏み入れていた。もちろん、スイートルームなんてテレビや映画でしか見たことがない。

「足元に気をつけて」

駿斗に手を取られてエスコートされる。

（これってまるで……）

手を預ける形がまるでお姫様のよう。

照れるあまり外そうとしたが、軽く握られて動かせなくなった。

「あの……大丈夫です。段差があるわけじゃないし」

むしろ室内には高級そうな絨毯（じゅうたん）が敷き詰められているし、このふわふわ感は転んだとしても怪我をしそうにない。部屋も広く、これまた高級そうな調度品にぶつかりそうというわけでもない。

「鎧塚さんは酔いのせいで足元がおぼつかないし、廊下と室内では絨毯の質が違うから、足を取られたら大変だ」

（え？　優しすぎる……）

言われてみれば、室内のほうが毛足が長く踏み心地に弾力がある。それでもこれが原因で転ぶことはないと思うのに、そんな細かいところにまで気を配ってくれるなんて。

胸の奥で、とくんとくんと鼓動とは違うなにかが動いている。転ばないように彼が守ってくれているのだと考えると、くすぐったさでいっぱいだ。

今まで守る立場にはなれど、守られた記憶はない。照れくさくて駿斗の顔が見られない。

すると、ソファセットのある、リビングのような部屋で立ち止まった彼が、美羽子の頬にそっと手を添えた。

「キスしていい？」

意図せず身体が震える。

すごい言葉を聞いてしまった。今のは本当に自分に向かって放たれた言葉だろうか。

うつむかせていた顔を上げれば、目と鼻の先に駿斗の顔がある。まぶたを落とし気味にした、艶っぽい表情。彼のこんな顔は初めて見た。

目の毒である。こんな表情を直視すれば力が抜けて立っていられなくなる自信がある。防衛本能が働き、美羽子はとっさに強くまぶたを閉じた。

閉じてから、図らずもキスしていいという合図を送ってしまったことに気づく。

でも言葉で返事をするのは、恥ずかしすぎてできそうになかったし、これでよかったことにしよう。

(ドキドキする。キスなんてしたことないし)

処女であるどころかキスも未経験だ。はずみで口走ってしまい、駿斗に処女だと知られるところとなってしまったが、まさかキスもしたことがないとは思っていないだろう。

キスまで未経験だと知られたら、いくらなんでも二十九歳でそれはないと引かれてしまうかもしれない。

(慣れているフリ……はハードルが高すぎて無理。せめて初めてだとは思われないように落ち着かなくちゃ)

目を閉じてからが妙に長く感じる。なかなか感触が訪れない。

「やっぱりやーめた」

ツンッとひたいをつつかれて、弾かれるようにまぶたが開く。

（なにか失敗しましたかっ⁉）

なにが悪かったのかさえわからない。

目を開くと、くすぐったそうな駿斗の微笑みが目に入った。

「今キスしたら、我慢できなくなって、ここで押し倒してしまいそうだ」

「こ、ここでって……」

「シャワーくらいは浴びたいだろうし、『せっかち』って怒られたくないから、やめておく。鎧塚さんの大事なハジメテをもらうんだからね」

さすがにここで押し倒されるのはご勘弁願いたい。

スイートルームだけあって床はふわふわだし、豪華な部屋だし、ソファも気持ちよさそうだが、やはり初体験は、様式美を求めるわけではないにしてもベッドの上がいい。

「ベッドの上でたっぷり女の子扱いしてあげる。早く鎧塚さんを甘やかしたくてそわそわしてるんだ。先にシャワー浴びておいで」

またもやひたいをつつかれる。ワンテンポ遅れて彼の言葉を理解すると、カアッと頬が熱くなっていった。

「じゃあ、お先に……」

なんてことを言ってくれるのだろう。「ベッドの上で女の子扱い」とは。

胸がぎゅっとなりすぎて失神してしまいそうだ。

しかも「たっぷり」だなんて、想像を軽く超えたいやらしさを感じさせるセリフではないか。

限界を超えて赤くなっているだろう顔を見られないよう早々にそらし、臍のあたりがくすぐったい感触に耐えながら彼から離れた。

床をふむ足元がおぼつかないが、これは絨毯のせいではないだろう。

バスルームはどこだろうと焦ったが、リビングから見える場所に開いたままのドアがあり、覗くとドレッシングルームの奥にバスルームを見つけた。

「できるだけ早く頼む。我慢できなくなったら、鎧塚さんが出ないうちに入っていきそうだから」

「早く済ませますっ！」

なんてことを言ってくれるのだろう。その二。

（我慢できなくなったら入っていきそうって……それって、一緒に入るってことで……、一緒って!!　それは……それはっ！　恥ずかしいでしょうっ！　処女なんですよ！　ハードルが高すぎるっ）

考えれば考えるほど思考がパニックになっていく。とにかく早くシャワーを済ませなくては、という一心で服を脱ぎバスルームへ飛びこんだ。

大きなレインシャワーヘッドの下で頭から湯をかぶり、片手を壁について今の状況を考える。

（……なんか、すごいことになってない？）

久しぶりに駿斗とふたりで話して、変わらない彼の明るさと優しさに癒やされて、弱気になった心の裡を聞いてもらったまでは、まあよかったのかもしれない。けれど、押しこめていたはずの恋心を刺激されまくった。

かなり酒を飲んだし酔っていたのは確かだ。それでも、この状況はマズくはないか。状況がマズいものあるけど、ふたりの立場が問題だ。

アルコールで吹っ飛んでいた理性が、シャワーのおかげでこのこと帰ってくる。就業時間外だから社長じゃないとか、同期なんだからとか、あのとき流されはしたが、駿斗が〝弊社社長〟なのは変えようのない事実。

そして美羽子は、彼の会社のいち社員である。

これは越えてはいけない壁、いや、越えることは許されない壁ではないか。

お互いの同意があればコンプライアンスに抵触しないかもしれない。しかし今後の業務に差し支えが出る可能性は高いかもしれない。そうなったら——。

駿斗は優しいから美羽子の話に乗ってくれていただけだ。彼に謝って、すぐにでもここを出なくては。——美羽子の理性が、正常に機能しているフリをしているうちに。

身体を拭くのももどかしくバスローブを羽織り、美羽子は駿斗に進言するため、意気ごみマックスで勢いよくドアを開ける。

「そんなに慌てなくても、お許しももらってないのに入っていかないよ」

「ひぇっ！」

驚いた。本気で驚いた。駿斗がドアの横の壁に寄りかかって笑っている。

「しゃ、しゃちょうっ、そんなところに立って、なにを……！」

「ん～、おとなしく座って待ってようと思ったんだけど、ちょっと耐えられなくてここで音を聞いていた」

「音……？」

「ここに立っていると、シャワーの音が聞こえるんだ。この音に包まれて鎧塚さんが立っているんだと思ったら感慨深くて」

言葉を失う。思考が止まってしまった。

そんな美羽子を愛しげに見つめ、駿斗は彼女の髪に指を絡める。

「いくら早く頼むって言ったからって、髪も身体もろくに拭かないまま出てこなくてもいいのに。それとも俺と同じ気持ちかな。待ちきれなくて気が急いた？」

「あ……」

慌てた行動を甘く誤解されて、すごく恥ずかしくなってくる。

「俺もできるだけ早く出てくるから。ベッドで待っていて」

チュッと頭にキスをして、駿斗はドアの中へ消えていく。

しばらくそこに立ちすくんだ美羽子は、「あ～～～～～」と声を震わせながら背中を壁に寄りかけた。

（なんか、すごい）

どう言ったらいいかわからないが、甘ったるい成分がじわじわと脳に沁みてくる。

美羽子を想いながらシャワーの音を聞いていたとか、髪も身体もろくに拭かないくらい気が急いているのかとか、どうしてそんな言葉が思い浮かぶのだろう。

経験値の差だろうか。甘すぎる状況に脳が溶けそうだ。

（社長にそんなことを言われるなんて）

身体を返して壁にひたいをつける。意識すると、確かにシャワーの音が聞こえた。

（この音に包まれて、社長が立っている……）

大きなレインシャワーヘッドの下で、頭から全身に湯を浴びているのだ。美羽子と同じように。

シャワーの雫が髪を濡らし、うなじを伝って肩、逞しい腕や広い背中へと流れていく。腰を伝い下半身へ流れ落ち……。

それ以上は想像力が追いつかない。男性の裸の実物を見たことがない美羽子には、なかなか難しい問題だ。

（ソワソワする……。社長もこんな気分だったのかな）

上手く想像はできないけれど、駿斗がシャワーを浴びているのだと思うと間違いなく彼がここにいることを実感できる。

彼が御曹司だとわかってからは疎遠になったけれど、胸の奥に押しこまれた気持ちは消えることなく、くすぶり続けていた。それが今、こんな場所で、ふたりでこうしているなんて。

（信じられない……。こんな日がくるなんて）

壁にひたいをつけたまま目を閉じる。感慨深いものが胸いっぱいに広がった。

どのくらいそうしていただろう。ガチャッとドアが開く音がした。

「あれ？　ここで待っていてくれた？　ベッドに行っててよかったのに」

できるだけ早く出てくると言っていたが、本当に早い。もしや彼も、シャワーを浴びて冷静になって、今の状況のまずさに気づいたのでは。

そうだ。ここでシャワーの音を聞いて感慨にふけっている場合ではなかった。このままではゆゆしき関係に身を投じてしまうことを、ふたりで確認しなくては。

美羽子は気持ちを新たにして駿斗に顔を向ける。が……。

「鎧塚さんもシャワーの音を聞いていた？　嬉しいな、やることが同じだ。なんだか感慨深い気持ちになるだろう？」

駿斗は髪も身体もろくに拭かない状態でバスローブを羽織っている。温かい湯でほんのり紅潮した肌に、ちらりと覗く胸元が色っぽすぎる。

水も滴るいい男、という言葉は彼のためにあるのではないかと思うレベルでイケメン度がカンストしていた。

「俺も鎧塚さんにならって、髪も身体も拭かないでバスローブを着てきた。というより拭く時間が惜しくて。バスローブが水分を吸い取ってくれるからいいかって気分だった。待ちきれなかった鎧塚さんの気持ちがわかる」

「そっ、それについてなんですけど、社長っ、ご相談がっ」

照れくさくて聞いていられない。美羽子は駿斗の言葉をさえぎるように話題を変える。

「やはり、冷静になって考え直したほうがいいと思うんです。私もお酒が入っていたし、いろいろあって弱気になって、社長に優しい言葉をかけていただいて調子に乗ったというか、雰囲気に流されたというか、ですから……！」

必死になるあまり、ちゃんと説明できているかが自分でもわからない。とにかく、美羽子のためにハジメテをもらっていただくのはやめましょう、と言おうとする。すると、次の瞬間ふわっと身体が浮いた。

「はいはい。鎧塚さんのことだから、『やっぱりやめましょう』とか言うんじゃないかなって思った。でも却下」

「ひぇっ⁉」

悲鳴にも似た声は却下を言い渡されたから出たのではない。身体が浮いたと思ったらお姫様抱っこをされていたのだ。

駿斗はそのままスタスタと歩いていく。

（これってお姫様抱っこというものではっ）

美羽子は、おとぎ話に出てくる想像の産物としか思っていなかった抱きかかえられかたをされて、これは現実かとわけがわからなくなっている。

駿斗が向かったのはベッドルームだった。室内の照明は薄暗く、それでも相手の姿は見える絶妙な明るさを保っている。

大きなベッドに下ろされ、あおむけに横たわる美羽子にかぶさるように、四つん這いになった駿斗が見下ろしてくる。

「考え直すなんて、無理。俺はこれからデレッデレに鎧塚さんを甘やかして、最っ高にかわいくして処女をもらうって決めてる。バーでそれを決めたときから俺の人生史上最大の盛り上がりを感じているのに、今やめたら失意で廃人になりそうだ」

「大げさですっ。それに、私……社長が期待しているようにかわいくなんかなれませんよ。こんなことするのは初めてで、考えれば考えるほど緊張しちゃうのに、かわいくなんて……」

「それを感じて決めるのは俺であって、鎧塚さんじゃない。鎧塚さんが『こんな私はかわいくない』って思った仕草でも、俺にとってはきっとかわいくて仕方がない」

「社長……」

暴論すぎる。

そう思うのに、その暴論に喜びを感じる自分がいる。

(どうして、そんなに嬉しくなることばかり言ってくれるの)

「そうか。わかった。ひとつ改善方法がある。その呼びかたがいけない」

駿斗の人差し指が美羽子の唇に触れる。少し力を入れられると唇に圧が加わってドキドキしてきた。

「社長なんて呼びかたをするから、いつまでたっても会社の延長線上で俺を見てしまうんだろう。今はプライベートな時間だ。そう割りきって名前で呼んでほしい。俺も、君を美羽子さんと呼ぶ」

美羽子さん。なんて素敵な呼びかたなのだろう。自分の名前がこんなにも愛しく思えるのは初めてだ。

「社長だから、社員だから、そういう考えかたはしないでほしい。今はプライベートな時間で、俺はひとりの男として美羽子さんを抱きたい」

心がふわふわする。こんなことをしてはいけないと頑なになっていた思考が、駿斗の情熱で溶かされていく。

就業時間外だから社長じゃないというのは、こういうことだ。今は彼にとっても美羽子にとっても完全にプライベートな時間で、社長でも社員でもない。

「わかった？　美羽子さん」

指が離れ、真剣な瞳が美羽子を見つめる。彼に求められているのだと考えると腰の奥がきゅっと引き攣って……蕩けそうになる。

声は出せなかったが、駿斗を見つめてゆっくりとうなずく。見つめ合ったまま、顔が近づいてきた。

彼の顔から目を離したくなくて、しかし目を閉じなくてはいけないと気づいたのは――唇同士が触れたのを感じたときだった。

先ほど唇を押さえた指とは明らかに違う感触。やわらかくしっとりしたものが唇の表面を押し、横に擦り動かす。くすぐったいのに、心地いい……。

（唇って、触れ合うとこんなにやわらかいんだ）

部屋に入ったばかりで、キスをしていいかと聞かれたときのような焦燥感はない。それでもドキドキと脈打つ鼓動は、駿斗に聞こえてしまうのではないかと思うくらい大きかった。

ついばむように唇同士を触れ合わせたかと思えば、少し強く押しつける。鼓動が大きくなるあまり普通の呼吸では追いつかず自然と唇を薄く開くと、駿斗の吐息と自分のそれが絡まり合うのが感じられた。

「いやじゃない？」

駿斗の吐息が囁きかける。耳に聞こえるというより唇同士が直接話をしているようだ。

「そんなこと、ないです……」

「よかった。初めてするキスが気持ち悪いと思われたら、寂しいから」

キスが初めてだと、バレている……。

なぜわかったのだろう。キスまで未経験だなんて笑われるのでは、なんてよけいなことを考えたが、どうやら杞憂だったようだ。

駿斗は笑っても呆れてもいない。それどころかキスに対する美羽子の印象が悪くならないように気を使ってくれている。

初めてだとわかった理由を聞いてみたかったが、唇のあわいから厚ぼったい舌がぬるっと入りこんできて、このタイミングで聞くのは野暮なのだと悟った。

駿斗の舌はゆるやかに、まんべんなく美羽子の口腔内を探っていく。口の中で自分のものではない舌が動いているなんて信じられない。それでも駿斗の舌なのだと思うと、それを当然のように受け入れられた。

歯茎から頬の内側を撫でられ、余韻が溜まっていく。

口腔内が熱くて感覚がぼんやりしてきた。

「……ハア、ぁ、……ン」

息を吐こうとしただけなのに意図せぬ声が漏れる。声なのか音なのか、吐息なのか喉が鳴っただけなのか判断がつかなかった。

舌先が口蓋に触れると肩が震えて腰が引き攣った。自分でも驚く反応だったが、駿斗は得たりとばかりに何度も同じ場所をなぞり上げてくる。

「ぁっ、や……はぁ、ぁ……」

ピリピリとした、蕩けてしまいそうな刺激が、鼻から眉間をつたって脳に伝わる。刺激を受けているのは口腔内なのに、微電流を流されたように背筋が軽く反った。

駿斗の両手が両脇をなぞり、バスローブの帯をといていく。下着は着けていないので、前を開かれたらすぐに一糸まとわぬ姿がさらされることになる。

裸を見られるなんて、それも異性に見られてしまうなんてとても恥ずかしい。それなのに、美羽子は思ったよりも冷静にその瞬間を迎えた。

バスローブがはだけられていく。唇はまだ重なっているから駿斗の目に美羽子の裸は入っていないはずだ。今ならまだかくせる余裕があるのに手は動かない。それどころか脱がせようとする彼に従って腕を抜き腰を浮かせた。

「美羽子さん……」

唇が離れ、唯一素肌をかくしていた布が抜かれる。上半身を起こした駿斗に全身を眺められ、寒いわけでもないのにゾクゾクッと肌が粟立った。

「やっぱり、美羽子さんは綺麗だ。想像以上」

「想像って……、シャワーの音を聞きながらしてたやつ……？」

照れもあって、つい追及しなくてもいいところに口出ししてしまった。案の定、駿斗は笑って言い訳をする。

「すまない。でも、本当に想像以上だよ。怒った？」

美羽子の両肩を撫で、そのまま腕をたどって両手を取る。口元にその手をあてて愛しげな眼差しを落とした。

その微笑みが照れくさそうで嬉しそうで、美羽子は胸の奥がきゅんきゅん跳びはねて苦しい。

彼のこんな表情が見られるなんて夢のよう。

「怒って、ないです。綺麗って言ってもらえて、嬉しいです」

怒れるはずがない。なぜなら美羽子もシャワーの音を聞きながら駿斗の姿を想像していた。

……想像力が足りなくて、リアルな裸体は無理だったが……。

美羽子の両手を自分の肩に置き、駿斗が首筋に唇を落としてきた。あたたかいものが首筋から胸元へと流れていく感触に、自然と大きく息を吸いこみ背中が反っていく。

「社……長」

「駄目だ。言っただろう、今はプライベートなんだから」

言われて思いだすのは、プライベートな時間なのだから名前で呼ぼうという提案だ。

提案者の駿斗は「美羽子さん」と呼んでくれる。新鮮でドキドキする呼ばれかただ。

同期として仲よくしていたときだって、彼からは「鎧塚さん」としか呼ばれたことはなかった。

駿斗はちゃんと切り替えている。というより、この提案はほぼ美羽子のために出されたものではないかと思うのだ。

休憩スペースで会ったときから、駿斗は同期として話を聞いてくれようとしていたし、小料理屋では仕事は終わっているのだから社長じゃないと主張した。そして、プライベートを意識するために名前で呼ぼうという。

——俺はひとりの男として美羽子さんを抱きたい。

ひとりの男性として接してくれているのに、美羽子はいつまでも彼を社長として扱ってしまう。

美羽子も切り替えなくては駄目だ。ひとりの女性として、彼に抱かれるために。

——せっかく、初めて恋心をいだいた人に自分のハジメテを捧げられるのに。

「駿斗……さん……」

口に出したとたん、腰の奥がずくんと重くなる。お尻が引き攣るような切なさを我慢できず、腰を左右によじった。

「もう一回呼んで」

鎖骨にかかるあたたかな吐息。骨の凹凸を教えるように舌が這っていく。もどかしいのはなぜだろう。そこから繋がるやわらかなふくらみを覆う皮膚が、熱を持ってきているのがわかるからだろうか。

「駿斗さん……」

重くなった部分がどろりと溶けていく感触。

羞恥と好奇心が入り混じった感情が生まれるなか、その正体を確かめるべく好奇心が勝利する。

「駿斗さん」

脚の付け根に走る感触を察して、きゅっと両腿を締めた。やはり彼の名前を呼ぶことで、官能が刺激を受けているのだ。

「美羽子さんに、そう呼んでもらえるのが嬉しい」

駿斗の両手が胸のふくらみを包みこむ。緩慢に揉み動かされ、伝わってくる初めての感覚に陶然としはじめた。

(なに、これ)

くすぐったくて、もどかしくて、……気持ちいい。

「あぁ、ハァ……ん」

息を吐いただけなのに、甘えたような声になる。さすがにこれは恥ずかしい。羞恥心は動くものの、このままでいいのではないかという気持ちもあって戸惑いが大きくなっていく。

「ごめん、なさい。ちょっと、おかしな声、出ちゃって……あぁっ」

言い訳をした先からおかしな声が出る。胸のふくらみを覆っていた手は、指を駆使してその頂を攻めだしたのだ。

ぷくりとふくらんだ頭頂の突起を指先でいじられ、押し回したり擦り動かしたり。突起が硬く凝ってくると唇で覆って吸いつかれた。

「ンッ、あぁぁ……それ、ダメっ……」

「どうして？　こんなに硬くなってるのに。ほら、見て」

吸いついたのとは違うほうの突起を指で何度も弾く。右へ左へと揺らされるそれは、美羽子が見たことがないほどふくらんで赤みを帯びていた。

自分の身体の変化に戸惑うも、駿斗にさわられてそう変化したのだと思うと秘かに悦びが湧いてくる。

「自然に出る声は出していいんだよ。我慢しなくていい。それに、出したほうが美羽子さんも興奮するだろう？」

「こ、興奮って……ぁぁぁんっ」

指と唇、両方で同時に突起を嬲（なぶ）られ、恥ずかしくて止めようとしていた声が止まらなくなってしまった。

「あっ、ぁ、や……やぁぁん、ハァぁ、……」

彼の肩に置いている両手に力を入れ、喉を反らせ顎を上げる。胸に与えられる刺激が心地よくて、もっと強くさわられてしまったらどうなるのだろうと不埒（ふらち）な興味さえ湧いた。

もっとしてほしいと考えてしまうのは、興奮していると同義だろうか。

あっちにこっちに弾かれていた突起が、指につままれ丁寧に揉みたてられていく。吸われていたほうは舌で転がされ甘噛みされて、また吸いつかれる。

「あぁぁ、ダメ……ぅンッ、そんな、に……んんっ」

「気持ちよすぎる？　わかるよ、乳首真っ赤になってるし歯触りもいい。食べちゃいたいくらいだ」

「なに言って……あっあ、あ……」

食べられるわけがないのに、あり得ないことを言ってからかわれているのだろうか。

「感じてくれたんだと思うと嬉しいから。もっとかわいがりたくなるんだよ」

くちゅくちゅっと口の中で突起をいたぶり、指でもてあそぶ。そうされることで溜まった熱がみぞおちのあたりから腰全体に広がり、意識して締めている内腿がもどかしくなって太腿を擦り合わせた。

そして、駿斗の言葉を聞いてハッとしたことがある……。

彼は、もっとかわいがりたいくらい嬉しいから「食べちゃいたい」と発言したのだ。ならば、それを察したうえで「なに言ってるんですか」ではなく、「食べちゃダメですよ」などと返したほうがかわいかったのではないか。

（やっちゃった……）

彼は感じるままを言葉にしてくれているのに、それに対して必要以上に真面目に考える必要はない。

なかなかプライベートと割りきれないわ、名前呼びを理解しないわ、空気を読んだ反応ができないわで……、情けない。

駿斗はちゃんとその気になってくれて、初めての美羽子をリードしてくれているのに。

「あぁん、もう、情けないぃ〜、ぁぅんっ」

嘆いているのかあえいでいるのかわからない声が出てしまい、さすがの駿斗も顔を上げてアハハと笑った。

「なに？　どうした？」

「だって私、全然かわいい反応ができないじゃないですか。ヘンに構えて、勘違いして……。ごめんなさい、きっと、ガッカリさせてる」

せっかく美羽子の願いを叶えようとしてくれているのに。面目なくて顔を横にそらしていると、下になった頬を手のひらで持ち上げ正面を向かされた。

「十分だ、美羽子さんはちゃんと反応できている」

「そうでしょうか……」

「そうじゃなかったら、俺がこんなに興奮状態なわけがないし」

「え？」

素で不思議そうな声が出てしまった。上半身を起こした駿斗は、笑いながら自分のバスローブの帯に手をかける。

「そうだな、俺だけ着たままだったからわかりづらいか。頑張って平気な顔をしているんだけど、結構すごいことになってるよ、見る？」

質問しておきながら、返答不要とばかりに帯をといていく。

これにはさすがに慌ててしまった。

「みっ、見るって、なに言って、いや、それはっ、そのっ、まだ早いというか！」

「でも目はそらさないんだ？」

「……あ」

慌てて首を左右に振りはするが視界には駿斗の姿がシッカリ入っている。

これも違う。こういう場合にすべき反応は、きっと顔をそらしつつ両手で顔を覆って「いやー」などとかわいい声で恥ずかしがるとかなのではないか。

「これでどうでしょうっ？」

両手を目にあてる。……が、指を横にしてまぶたを押さえただけなので、恥ずかしがっているというよりはただ目をかくした人、のようになっている。

だが、かくしたことに変わりはない。ふさいだまぶたの向こうでは駿斗がバスローブを脱いでいるらしく、それらしき音が聞こえてくる。

「美羽子さんらしい。俺も脱いでしまったし、しばらくそのまま目をかくす？　でも、俺の裸はそこまでして見たくないものなのかって、ちょっと傷つくな」

「すっ、すみません！　そういうわけではなくて……！」

にわかに慌てる。ひたいをツンッとつつかれたのを感じて、落ち着きを取り戻した。

「わかってるよ。俺も、いきなり凝視されたら驚くし。次はじっくり見てくれていいよ、覚悟しておくから」

「はい、わかりました」

よけいなことは考えずソッコーで返事はするものの……。

（え？　次？）

次、とはなんだ。この次、があるということか。

処女をもらって終わり……ではないのか。

処女をもらえるのは、ハジメテなのは、一回きりだろう。意味がわからない。

もしや美羽子があまりにも不慣れだから、今回は少し慣らすところでやめて次回が本番、という意味なのだろうか。

（昔から計画的に物事を進める人だったし。そうなのかも）

慣らす手間をかけてくれるなんて気遣いがすぎる。彼にとってはただ挿入するだけの行為なのだと考えると、申し訳ない。

「そんなに頑張って目をかくさなくても、いきなり顔を跨いで見せつけたりしないから大丈夫」

「なっ……！」

……なんということを言ってくれるのだ。

（想像しちゃうからやめてっ！）

とはいえ、知識量が乏しすぎて腰から下がモザイクまみれになりそうだ。

「かくしているならそのままでいい。『そんなことするの』ってビックリされる心配がない」

「ビックリって……。ひゃぁっ」

吸いこんだ息が悲鳴じみた声になる。先ほどまで意識して締めていたはずの両腿を左右に割られ、脚のあいだにぬらりとした生あたたかい感触が走った。

「なっ、に……あっ！」

目から手を離してなにが起こっているのかを確認すればいいのに、逆に、まぶたを強く押さえた指が離せない。

やわらかいものが恥ずかしい部分に触れている。それも上へ下へ、行ったり来たりを繰り返しているのだ。ぺちゃぺちゃと羞恥をくすぐる水音をたてながら。

「ぁ、ああっ……なに、んっ、ン……」

なにをされているのかなんて、経験がなくたって見当はつく。

秘部で泳いでいるのは駿斗の舌だ。自分で見たことも触れたこともないような場所で、彼の舌が好き勝手をしている。

「ずいぶんと脚を締めていたしもじもじしていたから、感じているんだなとはわかっていたけれど……。予想以上だ」

「予想、って……はぁ、ぁっ、ぅンっ」

場所によって舌の圧が変わる。なぞったり押し潰したり。それが心地よくて、自然と腰が動き腹部が波打った。

こういった行為があるのは知っている。

シャワーを浴びて綺麗にしてあると思えるから多少は平気だが、それでも口をつけるような場所ではない。恥ずかしいし申し訳ない。

……なのに、そんな控えめな気持ちの中に、恥ずかしいことをされていることに興奮している自分がいる。

「ふぅ、うん……ダメ、そんなに……ぁっ」

「でも気持ちいいだろう？　お尻の下までびちゃびちゃだ、かわいそうに」

軽く太腿を下から持ち上げられ、浮いたお尻の谷間に舌が滑りこむ。

「あっ、や、ダメッ……！」

反射的に両手が伸びる。

駿斗の顔を押し返そうと頭を押さえたのに、その手は力を入れるどころか髪の毛を掴んだにとどまってしまった。

駿斗が今までよりも激しく舌を使いはじめたのだ。

べちゃべちゃと音をたて、秘部に溜まる愛液を弾き飛ばす勢いで舐めたくる。おまけに舐めながら上目遣いで視線をくれるので、なにをされているのかが彼と目が合った状態でバッチリ見えてしまう。

「や……あっ、駿斗、さん……ぁうんん」

「イイ声出てる。誰だ？　かわいい反応はできないとか言ってる嘘つきは」

「嘘なんかじゃ……」

「美羽子さんは十分かわいいんだよ。こんないい声で啼ける。ああ……もっと啼かせたいな。感じすぎてヒィヒィ言ってる美羽子さんとか……最高」

「やらしっ……それ、やらしいですよぉ……ああっ！」

恥骨の裏をぐりぐり押され、反射的に両膝が立つ。内腿をさらに広げられて、とんでもなく大股開きになった自分の姿が恥ずかしいやら昂るやら。

「ちなみに美羽子さん、自分でここをいじってイった経験は？」

「は……？　ハァ」

なにを聞かれたのかと思ったが、指で膣孔の上をくりくりと押され、慌てて言葉が出た。

「なっ、ないですっ。なにを聞いてるんですかっ、もぅ」

自慰行為の経験なんて、聞かれたことも答えたこともない。だいたい、人と話すような話題ではない。

「イってないけど、指くらいは挿れてみたとか」

「ないですっ。指とかって……怖いじゃないですか」

「怖い？　そうか……」

「ひぁっ!?」

脚のあいだに圧迫感が生まれる。つらくはないが初めての感覚に戸惑いが大きい。圧迫感をもたらしているものが、小刻みに動き刺激を与えてきた。

「ぁっ、ん……んん」

「第一関節手前までしか入ってない。どう？　怖いかい？　ビクビクしてイイ反応してるから、怖がっているようには思えないけど」

どうやら膣の入り口を指でいじられているらしい。

駿斗の口調はたいしたことはしていないといった感じだが、くすぐったいようなもどかしい感触でいっぱいだ。

しかしそれも、すぐに心地よさを伴うなにかとすり替わっていく。腰が重くなってどろりと溶けていきそう。秘部がひどく熱をもって潤っていく。

「気持ちいいんだ？　入り口をさわっているだけなのに、美味しそうな〝美羽子さん液〟がたくさんあふれてくる」

「なんですか……それぇ、ああっ、ハァん……」

「美味しそうなんだから仕方がない」

再び駿斗が秘部に唇をつける。今度は舌ではなくダイレクトにじゅるじゅると愛液を吸い上げた。

「ああっあ、やっ……！」

腰が跳ね、反る。驚いたから跳ねたのではなく、潤いを吸われたときの刺激で自然と身体が反応したのだ。

指は相変わらず入り口付近で遊び、唇はパクパクと食べる動きをしながら蜜をさらっていく。

やがて上唇が小さな突起をひっかけた瞬間、電極にでもさわったかのように腰が跳ねた。

「ひゃぅっ……！」

とっさに駿斗の髪を強く掴んでしまい、指を伸ばして離す。痛かったのではないかと焦ったのだが、すぐに新たな刺激に見舞われ同じ場所を掴んだ。

「ぁ……、ダメ、そこ、ああっ……んっ！」

駿斗の唇は突起の周囲を覆いながら、大きく舌を回す。鮮烈な刺激が発生し、堪らず腰が上下した。しかしそうすると自ら秘部を駿斗の口に押しつける形になる。そのたびに強く吸いつかれて、怖いくらいの愉悦がむくむくと育っていった。

「はっ、あ、あ……ダメ……お願……ンッぅん」

息があがり、口から出る吐息が速くなる。息がつまって情けない声が出るのに、そのトーンは甘ったるい。

自分でもどうしたらいいのかわからない。どんどん大きくなる快楽が出口を求めてあがいている。このまま感じ続けたら身体がどうにかなってしまいそうだ。

助けてほしい。

でも、駿斗が今の行為をやめれば刺激はなくなるとわかっているけれど、それはいやだと美羽子の心が我が儘（まま）を言っている。

「駿斗……さん、ダメェ……そこ、もぅ……」

「美羽子さんは『ダメ』が多いな。気持ちよすぎてなんかおかしくなりそうだからダメ、って意味でOKだよね」

駿斗ならなんとかしてくれる。そんな思いが強くなる。「んっ、んっ」とうめきながら、彼にわかるように数回大きくうなずいた。

「大丈夫。そのまま感じていれば、楽になる」

なんとかしてくれた……のか、くれなかったのか……。

そのまま感じていたら大変なことになりそうで怖いから頼っているのに、なるようになるのを待てと言われているようだ。

しかしそのことに不満を感じる余裕は、もちろんない。官能が追い詰められていく焦燥感でいっぱいなのに、なぜだろう、全身に気持ちよさが回って堪らないのだ。

突起の周囲で動いていた舌が、快感の塊になってしまったそれをぐにゅっと押し潰す。さらに軽く歯で掻かれた瞬間――。

まるで引き金を引かれたかのように腹の奥が収斂し、――弾けた。

「やっ……、あ、ダメェっ――！」

下半身に力が入って腰が震える。甘美なものが全身をめぐり内側に沁みてくる。

「あっ……ハァ……ぁ」

余韻にうち震えていると、身体を起こした駿斗が美羽子を見つめてひたいを軽くつついた。
「ほら、楽になったろう？」
「楽……って、ハァ……ん」
なった、のだろうか。確かに焦燥感でおかしくなってしまいそうだった感覚はなくなってい
るから、それだけでも楽になったといえるのかもしれない。
ぼんやりと思い返すと、未知の快感に翻弄されるあまりあられもない声をあげたり、駿斗の
髪を乱暴に掴んでしまったり。なんとも失礼なことをしていたのではないだろうか。
「……あの、ごめんなさい……」
「なにが？　感じすぎたこと？」
やはり。謝った理由をすぐ思いついてしまうほど痴態をさらしていたのだ。ふわふわとした
意識が残るなか、美羽子はなんとか己を律しようと努める。
「すごい声……あげたり、駿斗さんの髪を掴んで暴れたり……、恥ずかしい……わたし、あん
なことしちゃうなんて……」
しっかり説明しているつもりなのに、言ったそばから恥ずかしくなってトーンが落ちる。お
まけにまだ先ほどの余韻が残っているせいか涙目になってきた。
駿斗に目を向けると、彼はまぶたを大きく開いて、少し驚いているように見える。失態を謝

ったのが意外だったのだろうか。

アイアンレディなどと言われているから、自分は正しいと鉄の意志を持っているとでも思われていたのだろうか。

失態に対して謝罪をする常識は持っている。誰に誤解されても、駿斗にはプライドが高すぎる女だとは思われたくない。

「ごめんなさい、本当に……」

「本当に無自覚で困る。どうしたらいいかわからなくてうろたえているのは俺のほうだ」

「え……」

困らせてしまったよう。やはりかわいい反応ができないのが原因だろうか。

「できるならもう一回イかせたい。飽きるまでイく顔を見続けたい。しかしそれは美羽子さんがつらくなるだろうから、残念だができない。なんといっても自慰経験もない処女なんだから。

ああ……考えれば考えるほど感動で胸が震える……。美羽子さんが……美羽子さんのハジメテを俺が……」

なんだかわからないが感慨にふける駿斗を、美羽子は緊張の面持ちで見つめる。彼はなにかに感動している。

美羽子にとっても悪いことではなさそうだし、困らされて気分を害した様子もないので安心してもいいだろうか。

「ですが……激しく取り乱してしまって、申し訳ありませんでした」

それでも一応謝っておく。すると少し強めにひたいをつつかれた。

「なんですかっ、なんだか力が強いですよ」

「もっと取り乱していい」

「は……？」

「むしろ取り乱せ。いや、取り乱させてやる」

謎の意気ごみを見せ、駿斗は枕の下に手を入れる。そこから取り出したものを美羽子の目の前にかざした。

「ちゃんと着けるから、安心して」

膝立ちになって、小さなパッケージの封を丁寧に破く。小さな正方形の薄いパッケージは、ほぼ間違いなく避妊具だ。

（わ……、本物見ちゃった）

形状は知っていても実物を見たのは初めてだった。枕の下から出したということは、美羽子がシャワーを浴びているあいだに用意をしておいたらしい。

さりげなく視線を横にそらす。

彼が自分自身に施している様子は視界に入るものの、ハッキリと確認できるわけではない。あからさまに目をそらすよりは失礼にあたらないだろうか。

（あれを出したってことは……いよいよ？　いよいよ⁉）

にわかに緊張するものの、いかにもガチガチになっていてはまた駿斗が気を使ってしまう。怖がっていると思われて「今日はやめようか」と言いだしかねない。

（あれ？　でも）

駿斗は挿入までシッカリいたすつもりなのだろうか。

――次はじっくり見てくれていいよ、覚悟しておくから。

さっきそんなことを言っていた。〝次〟をにおわせるということは、今回は慣らすにとどめて挿入までいくのは次回……という意味だと思ったのだが。

美羽子の処女をもらうと言った手前、彼には挿入まで進める義務がある。二回に分けるのではなく、一気に進めてしまう気なのか。

プロジェクトが思った以上に順調なとき、メンバーが波に乗って一気に駆け抜けようとしてもあえて止める人だ。順調だからといって驕（おご）ってはいけないと、最初に立てた予定通り確実に進める。

そんな人が、ここにきて計画変更なのか。

（もしかして、二回に分けるのも面倒なくらいヤる気になれないとか……！）

今の自分に効果音をつけるなら、きっとピアノの鍵盤を乱暴に叩いたときのような耳障りでショッキングな音だろう。

（そうだ……いろんな女の人と噂になるくらいモテる人なんだから……処女なんて面倒くさいのかもしれない。悩みを聞いた手前、同期の縁もあるし、……それで、私のために、手を貸してくれているだけなんだから）

きっと、自分では意識できていないくらいの醜態をさらしていたに違いない。計画的な人が、呆れて二度目を取りやめにするくらい。

改めて、自分の女子力のなさが悲しくなる。どうしてもっとかわいくできないのだろう。

――せっかく、初めて好きになった人に抱いてもらえるのに……。

「美羽子さん、どうした？」

声をかけられてまぶたを上げると、準備を終えたらしい駿斗が顔を近づけていた。片方の目尻を指で拭われ、涙が溜まっているのだと気づく。

「どうした？　もしかして怖くなった？　イく感覚が怖かったのかな。……ごめん、美羽子さんの反応に浮かれて調子に乗ってしまった。イったこともなかったのに、無理をさせてすまない」

「謝らないでください。駿斗さんはなにも悪くないのに……」

反対側の目尻に唇をつけられ、溜まった涙を吸い取られる。

「駿斗さんに無理をさせてしまって。それを思うと……つらくて」

「無理？　……そうだな、もう無理だ」

「すみません……」

「いちいち美羽子さんがかわいい。思っていた以上にかわいい。こんなに感じて啼いてくれるなんて、もう、俺のほうがおかしくなりそうで困る。美羽子さんに嫌われないように紳士的にいこうと思っていたのに、もう無理だ」

「は……」

美羽子が思い悩んでいたことと駿斗の言っていることにズレを感じる。

けれど、彼はどこまでも優しく気遣ってくれる。それならそれに甘えよう。

これは、一夜の夢だ。

もう二度と、見ることのない――好きな人に抱いてもらえる最高の夢だ。

美羽子は駿斗の肩に両腕を回す。両脚が開かれる気配を感じたが、特に抵抗はせず彼がするに任せた。

「……駿斗さん……、ありがとうございます。恥ずかしい相談だったけど、してよかった。

……最初で最後に抱かれる相手が、駿斗さんで、嬉しい」

秘部全体に熱い塊が擦りつけられる。そこに溜まるぬかるみに埋まって、ぐじゅぐじゅと音をたてながら絡まってくる。

硬いけれど無機質的な硬度ではない。硬いのにやわらかさを感じられる不思議な感触。緊張で脚に力が入りそうになったが、駿斗自身の存在にほぐされていく。

「なにを言っている」

駿斗の顔が迫ってくる。このままキスをされるのだと悟り、まぶたを閉じようとした。

「最初で最後になんか、するわけがない」

閉じかけたまぶたが動かなくなる。そう言って微笑んだ駿斗の表情が、今まで見たことがないくらいズルくて……とても官能的だったのだ。

「あっ……！」

ゾクゾクゾクッと全身に甘い微電流が駆け抜ける。腰の奥がきゅうっと引き攣ったのと同時に、脚の付け根に鈍痛が広がった。

「は……ンッ！」

大きな声が出そうになったが、それは駿斗の口づけにふさがれた。

この鈍痛が破瓜（はか）の痛みに関連するものなのだというのはすぐに理解できる。しかしもうひとつ、理解しがたい感覚が美羽子を襲った。

「んん、ん……んん——！」

唇を深くふさがれたまま、切なげな甘ったるいうめきが音を引く。

駿斗がゆっくりと唇を離した。

「どうしたの美羽子さん……。まだ少し入っただけだけど……イっちゃった？」

「だ……だって……あっ、ぁ」

陰部を指と舌で愛撫されているときに感じたもの。官能が突き上がってくるあの感覚。いきなりそれが起こったのだ。

「挿れたそばからピクピクしてる。いきなり締まったから、イったのかなって」

「ご、ごめんなさい。たぶん……駿斗さんの顔が、いやらしかったから……」

駿斗が不思議そうな顔をする。改めて言いかたが悪かったと反省した。

「……いやらしい気持ちになっているのは間違いないけど、顔に出てたか」

「違う、違うのっ。いやらしいっていうのは……その。……色っぽい、っていうのかな、挿れる前に見た駿斗さんの表情がそれで、見た瞬間ゾクゾクって全身が痺れたの。そうしたらすぐにハジメテっぽい痛みがきたんだけど、……それより、駿斗さんの……ズルくて綺麗な顔が印象的で……」

「つまり、俺の顔でイった？」

うなずいていいものか。間違いではないし、そのとおりなのだが、顔を見ていやらしい反応をしてしまったなんて、「いやらしい顔」と失礼な決めつけをしているようにも思える。

「すみません、失礼なことを……」

「いや、いいよ。かえって、美羽子さんが俺の顔で感じてくれたなんて、なんだか嬉しいし。それに、そんなに一生懸命弁解しなくていい。今、痛いだろう？　浅いけど美羽子さんのナカに入ってるし」

「ズキズキはしますけど……、でも……」

ちょっと言いよどむ。口に出すのはためらわれるが、彼にそれを伝えたい気持ちが強くて美羽子はふっとはにかんだ。

「さっきの駿斗さんを考えるとドキドキして自分の中がいっぱいで、……痛いのなんか、全然気にならないです」

「あー、もう駄目だ、制御不能」

浅瀬で止まっていた滾(たぎ)りが、ぐりゅッとねじこまれてくる。

「……きゃっ！」

「なんて顔をするんだ……。迂闊(うかつ)に思いだしたらデそうになる」

「あ、あっ……駿斗、さん……」

「駄目だ……そんな顔、俺の前以外ではしないでくれ。美羽子さん、危険すぎる」

「ンッぁ、あ……駿斗さんで、いっぱい……なる……んぅンッ」

「いっぱいにしてあげる」

話しながら少しずつ、でも確実に屹立が進んでくる。狭窄な隘路を押し拓いて、蜜窟が駿斗で満たされていく。

「あっ……ああっ、駿斗さっ……」

臍の裏がビリッと痺れ、恥骨同士が密着する。

「全部入った」

満足そうな駿斗が半開きになった美羽子の唇をペロッと舐め、嬉しそうに口づけた。

「美羽子さんのナカ、すごく気持ちイイ……」

「そん、な……、ぁっ、ンッ」

繋がっているのはほんの一部のはずなのに、全身に駿斗を詰めこまれてしまったように思えるのは、押し上がってくる圧迫感のせいだろうか。

その体勢のまましばらくキスを続け、意識は繋がった部分へと向かっていった。恥部同士が密着している。こんな場所に、自分のものではない人の皮膚が密着しているなんて、信じられない気分だ。

けれど、それが駿斗のものだと思うと、ドキドキして……興奮する。

我慢できないほどではないものの、チリチリとしたむず痒い痛みがあるのは膣口のあたりだろう。もうこれ以上は駄目というくらい大きく口を開いて、駿斗を咥えこんでいる。

むず痒い痛みがもどかしさに変化していく。黙っていられなくて脚の根元に力を入れると、隧道に詰まった肉の大蛇がビクンと跳ねた。

「あっ、ゃァン……」

「美羽子さんが締めるから、ちょっと驚いた」

「ごめ、なさい……、なんだか、ムズムズして……」

「ふぅん、もっと刺激が欲しくなってきたかな？」

「そんな……」

「こうして繋がっているんだから、感じてくるのはおかしなことじゃない。俺なんて、もっと美羽子さんを感じたいけど、必死に押しとどめてる」

軽く笑うので美羽子も笑いそうになる。しかし彼の笑みがどこか無理をしているように思えて、押しとどめているというのは冗談ではないのだと感じた。

「美羽子さん、苦しくない？」

返事をする代わりに、肩に回していた腕で抱きつく。

「気遣いすぎですよ。私の様子ばっかり気にして」

「大事にしたいだけだよ」

駿斗が美羽子の髪を撫でる。彼の手つきに優しさが沁みてきて、胸がきゅんきゅんした。

「美羽子さんをたくさんかわいがりたいんだ」

キュンが止まらない。飛び跳ねて小躍りしたいほど浮かれている自分を感じる。

――――好き……。

改めて感じる、ずっと心の奥に押しこんでいた感情。

彼とこんなことができるのは、最初で最後なのだ。

それなら、彼の言葉に甘えよう。たくさん、かわいがってもらえばいい。――たくさん、甘えてしまえばいい。

「かわいがってください。……やめないで」

「お願いされなくても、やめられるわけがない」

ズズッと剛直が引かれ、ゆっくりと挿入される。また引かれ、入ってくる。

今まで刺激を知らなかった美羽子の膣壁が熱棒に引っ張られ押され擦り上げられて、快感を教えられていく。

そこから生まれる心地よさを、美羽子は本能的に我慢できない。断続的に甘い声をあげ、駿斗の下で身体をうねらせた。

「あぁぁん……なんか、引っ張られる……ンッ、ん」

「美羽子さんのが絡まってくるんだ。抜かないでって言われてるみたいで、すっごく滾る」

「ん……ぁ、抜かない、で……」

「絶対抜かないっ」

恥ずかしかったがこの反応で正解だったようだ。

張りきった声を出した駿斗が上半身を起こし、美羽子の膝を立ててリズミカルに抜き挿しを繰り返す。先ほどよりもスピードがついたそれに、またもや淫路が愉悦に震えた。

「あぁンッ……駿斗、さっ……ンッん」

「声までかわいい。いつも凛々しく澄んだ声を聞かせてくれる美羽子さんが……こんないやらしくてかわいい声を出してくれるなんて……。最高」

「ンッ、ん……や、やぁん……ハァ、あぁっ」

「ホント……堪らない」

昂りを示すかのように、駿斗が腰を大きく突き出す。先端の鏃が臍の裏あたりをゴリゴリと穿ち、溶け落ちてしまいそうなほど熱くなった。

「はぅう……あっぁ、そこ、ビリビリす……はぁぁん！」

「ん、この辺だろう？」

まるで見えているかのように、的確に強い刺激が走るスポットを攻めてくる。

「ああっ！　ぁ……やぁぁん……！」

「声が大きくなった。痛い……からではないな」

「あっ、あ……もぉぉ……ああん！」

からかうような口調に、ズルい彼の一面を垣間見る。ビリビリして痛いから声が大きくなったわけではないと、わかっている。そのうえで、何度も何度も、美羽子さえも知らなかった弱い部分を嬲るのだ。

困った。これを気持ちいいというのだろうか。とんでもないものが滾りに押され突き上がってくる。

「ダメェ……そこ、そんなに……ああっ、あぁぁ――――！」

ぱしゅんっと、なにかが頭の中で白い光になって弾ける。腹部がじわっと熱くなって、脚の付け根がきゅんきゅんと軽く痙攣した。

この感覚に陥るのは三度目。どうやらまた達してしまったらしい。

「イっちゃった？　美羽子さん。嬉しいくらい感じてくれるね、かわいいな」

言葉どおり嬉しそうな駿斗が軽く覆いかぶさってくる。美羽子を抱きしめ、耳朶に甘く官能的な声を落とした。

「俺の腰に両脚を回して。できれば強く。できる？」

その声に操られるように身体が反応する。両脚を彼の腰に回し、きゅっと力を入れた。

「これで、いい、ですか……ハァぁ」

鼻に抜ける、媚びた声。これが自分の声なのだろうか。——こんないやらしい声が出せるなんて、知らなかった。

「いいよ。いい子だね、——美羽子」

ゾクッと大きな電流が走る。自然と腰が反って、その反動で自ら秘部を押しつけ深く雄茎を咥えこむ。

「はぁっ、あっ……あンッ」

駿斗の艶声のせいもあるが、なんといっても呼び捨てにされた衝撃が大きい。苗字から名前呼びに変わったときも刺激的ではあったが、「美羽子」という呼び捨てはその比ではない。

——危うく、また達してしまうところだった……。

「あんまりかわいいから、思いっきり抱きしめたくなったんだ。脚そのままでいて、ちょっと起きるから」

駿斗に支えられながら、ふたり一緒に身体が起きる。座った駿斗の腰に跨る体勢、ということは彼の膝にぺったりとお尻がくっついてしまっている。それも照れるが、体重をかけているぶん重くはないかと心配だ。

そんな心配をした矢先に、なにかがドロッと溶け落ちたのを感じる。先ほど責められた臍のうしろに強い圧迫感が生まれた。反射的に腰が伸びる。

同じくして駿斗が腰を揺らしはじめた。

「ナカ、ぐちょぐちょだ……。身体を起こしたから一気にきたかな。ほら、わかる？」

美羽子を強く抱きしめ、腰を大きく、ゆっくりと動かす。そのたびに、繋がった部分からぐじゅぐじゅと愛液があふれ出る淫猥な音が響いた。

もったいぶったストロークが、淫液を掻き出す鏃の手助けをする。互いの恥丘は蜜に濡れ、ときおり強く突きこまれることで腹部にまで淫汁が飛び散った。

「美羽子が処女でよかった。こんないやらしい身体、絶対ほかの男になんかさわらせたくない」

彼の動きに合わせて身体を揺さぶられ、蜜筒が強く擦り上げられる。身体が溶け落ちてしまいそうな愉悦に襲われた。

「ああっ、あ、そんな心配……しなくても……、あぁんっ！　駿斗さんしか……さわらないから……ああっダメェ！」

もう二度と抱かれることなんてない。彼にも。ほかの誰かにも。

最初で最後。その言葉のまま、この夜を一生の宝物にするのだから。

駿斗に抱かれた身体のままでいい……。

「いいのか……それでいいんだなっ」

片手で美羽子の身体を支え、駿斗は空いた手でやわらかな白い胸のふくらみを揉みしだく。

片方の頂に吸いつき、ちゅぱちゅぱと吸いたてては舐め回した。

「俺だけで……」

「いい……それで、いいの……ンッ、あっ、ダメェっ、あぁっ！」

聞かれるまでもないことだ。彼だってわかっている。

駿斗は美羽子のハジメテを担当したらそれで終わり。それだけだ。

乳首を吸いたて甘噛みされて、抜き挿しが速くなっていく。大きな愉悦が突き上がってきそうな感覚に身体がうねる。駿斗の肩や腕を撫でるように掴み、美羽子は首を左右に振りながら哀願した。

「ダメ……駿斗さ……、また、またきそう……あっぁ、」

「違うよ、美羽子」

身体を倒されあお向けになる。脚を駿斗の腰に回したままなので、背中が斜めに浮いていた。

「そういうときは、『きそう』じゃなくて『イきそう』って言うんだ。わかった？　言ってごらん」

「……イ、イきそう……」

うながされるままに言葉が出る。「イきそう」という発音がしっくり馴染んで、口に出すのが好ましかった。

「イきそう……駿斗さん……」

「うん、今度は一緒にイこう。本当に、美羽子はかわいい」

巻きついた美羽子の両脚を支え、駿斗は猛然と強い抽送をする。今までとは違う激しさに、美羽子の官能は爆発寸前だ。

「やぁぁんっ……！　あっ、こんな……あああっ！」

シーツに下りているのは背中半分だけで、抽送のたびに身体が大きく揺さぶられる。それだけでもどうにかなってしまいそう。美羽子は身体の横でシーツを強く握った。

今まではあふれにあふれた蜜の音が気になっていたが、いまは肌がぶつかり合う音が大きく耳に入ってくる。

駿斗の腰が激しく動くことで、容赦なく蜜壺が蹂躙される。熱い蜜がぐちゃぐちゃに掻き混ぜられて、噴火のスイッチが入る。

「ダメェっ……もぅ、も……ぉ、ああっぁ！　はやとさっ……」

「イっていいよ。美羽子」

「やぁぁぁん……ああっ――――!!」

今までで一番大きな絶頂感だった。

襲いくるその瞬間が怖くて、美羽子は無我夢中で両手を伸ばす。悟った駿斗がすぐにその手を取り、彼女を抱きしめて重なり合った。

「美羽子っ……!」

強く美羽子を抱きしめた駿斗は、彼女の奥深くで動きを止める。深く荒い息を吐き余韻に浸っているようだった。

美羽子も駿斗に強く抱きついたまま大きく息を吐く。危なかった。彼に強く抱きしめてもらわなかったら、達した勢いで意識が飛んでしまうところだった。

(……駿斗さん)

駿斗の体温や汗ばんだ肌を感じ、美羽子は押し寄せる幸せに浸る。

思い残すことはもうない。

ハジメテに利用されてしまった駿斗には申し訳ないが、美羽子にとっては満足すぎる夜だ。

「……ありがとう……駿斗さん」

呟いて、駿斗の背中を撫でる。

顔を上げた彼が艶やかに微笑み、ふたりは自然に唇を重ねた。

＊＊＊＊

『一文字さんって年上なんですね。年下だからできなくても仕方がないと思われないように頑張らなくちゃ』

前向きで素直。ものおじせず、ひねくれず、頼り甲斐を感じさせる女性。

――そんな美羽子を、駿斗は出会ったときから「かわいい女性だな」と感じていた。

「ん……ぅ」

腕のなかで眠る美羽子が、小さくうめいて身じろぎする。

もしかして目を覚ますだろうかと彼女を見るが、その気配もなく再び安らかな寝息をたてはじめた。

（とんでもなくかわいい顔して眠るんだな……。誰だよ、アイアンレディとか言っているのは。これのどこが〝鉄〟なんだ。この雰囲気はぷにぷにふわふわのマシュマロだろう！）

そんなことを考えれば美羽子の肌に触れた感触がよみがえる。軽く彼女の身体に回している腕を動かして、やわらかな肌を堪能したくなる。

(いや、駄目だ！　さすがに駄目だっ！)

断腸の思いで欲望を押しとどめ、駿斗はグッと息を詰めて奥歯を噛みしめる。

美羽子にとっては初めての性体験。その余韻が残るなか、続けて二度三度と身体を繋いでしまった。

とうとう失神するように眠りに落ちてしまったが、それまでに快感に抗えず何度も達している。ようやく身体を休めているのだから、ここで起こすようなことをしてはいけない。

(あんなに感じやすいとは思わなかった。感度はいいし、反応はいちいちかわいいし、失神されなかったらやめられなかったかもしれない。美羽子さんが男に縁のない人でよかった)

まだ新しすぎる記憶がめぐる。

感じやすい美羽子、かわいい反応をする美羽子、そして……。

――駿斗さん……。

切なげで甘い、声……。

ムラッ……と、駿斗のなかで今動いてはいけない欲望が着火しそうになる。これではいけないと、断腸の思いで自分を押しとどめること再び。

気持ちを落ち着かせようと天井に顔を向け、ゆっくりと大きく息を吐く。スポットライトのように降り注ぐ薄明かりを眺めていると、くすぐったいような満足感が胸に満ちてきた。

ベッドルームの照明は、美羽子がシャワーを浴びている隙に明るさを調整した。気になるほど明るくもなく、しかし暗くもなく。ベッドルームなのだからこんなものかと思ってもらえるように。

真っ暗にしようなんて考えは一ミリもなかった。

なぜか。

(せっかく美羽子さんの裸が見られるっていうのに、誰が真っ暗なんかにするか)

彼女と知り合ってから何度想像したかわからないものではあるが、そんな想像、一瞬で吹き飛んだ。

肌は白くやわらかく、洋服を着ていてもスタイルがいい女性だとわかっていたが、それ以上だった。

(本当に、おかしな男に引っかかっていなくてよかったよ！　美羽子さんっ)

これ以上思いだすと三度(みたび)断腸の思いを経験する羽目になる。駿斗はなんとか意識をそらそうと目を閉じ、——出会ったころの彼女を思いだした。

『一文字さんって年上なんですね。年下だからできなくても仕方がないと思われないように頑張らなくちゃ』

同期でも年上だし、社会に出て四年がたっていたから、雰囲気が違うのだろう、駿斗は最初、同期たちから遠巻きにされていた。けれど、美羽子だけは違った。ものおじせずに話しかけてきたし、意見ははっきり言った。

美羽子につられるように、ほかの同期たちも駿斗に馴染むようになってきた。あとから聞いた話では、話しかけたかったが年上だし入社前のキャリアがあるし、自分たちとは違うという意識が壁になっていたとのこと。

『その点、鎧塚さんはすごいよ。あっという間に仲よくなっただろ？　まあ、彼女がすごいのはそこだけじゃないけど』

美羽子は人への接しかたが上手い。聞き上手だし話し上手だ。仕事が上手くいかなくて落ちこんだ同期の慰め役はいつも美羽子だった。

だからといって優しいだけではなく、言わなくてはならないこと、注意すべきこと、そして、褒めるべきところもしっかりと押さえる。

気遣いが完璧なのだ。

それだから彼女は人に好かれる。駿斗も例外ではない。美羽子の人柄に惹かれ、それはどんどんと特別な好意へと変わっていった。

だが、そんな好意の持ちかたをしていたのは駿斗だけ。美羽子は〝人間として〟誰からも慕われる対象だったからだ。

『美人だしスタイルもいいし性格もいい、仕事もできる、完璧なんだけど、……鎧塚さんは、なんかこう、頼り甲斐がありすぎて〝女の子枠〟じゃないんだよな』

美羽子をそんなふうに捉える同期たちの言葉に安心していた。自分以外に、美羽子を女性として意識している男はいないのだと。

自分が一番美羽子を知っているし、彼女も心を許してくれている。そう思っていたし、実際に間違いないと実感していた。

なんといっても駿斗は、弱い美羽子を知っている。同期も先輩も上司も、誰も知らない彼女の顔だ。

いくら完璧と言われる彼女だって、仕事で悩むこともあれば落ちこむことだってある。おまけに彼女は、悩んでいても困っていても人を頼らない。同期に彼女の悩みを聞いたことがある者はいないだろう。

駿斗を除いては。

美羽子は悩んだり落ちこんだりすると、ひとりで馴染みの小料理屋に行く。ここは駿斗が同期たちに紹介した店だった。

胸にもやもやを抱えて、ひとり静かに食事をして、黙って酒を飲む。

そんな彼女を見つけては同じ席につき、食事をして酒を飲んだ。黙ってひたすら飲んでいるうちに、美羽子が口を開く。

『あのさ……聞いてもらってもいい？』

『いいよ。同期だろう？』

駿斗にとっての特別な時間。自分だけが知っている美羽子の姿。誰にも見せない弱みをさらしてくれることが、どんなに嬉しかったか。

美羽子への想いはどんどん募っていく。同期は「女の子枠じゃない」と言っていたが、駿斗にとっての〝女の子枠〟には美羽子しかいなかった。

彼女は理解のある女性だ。きっと、自分の身分を明かしても「そうだったんだ、びっくりした」と笑ってくれるに違いない。そんな希望を持った。

副社長への就任が決まり身分が社内に明かされたとき、当然だが今まで仲がよかった同期たちは驚いた。

『なんか普通とは違うと思ったんだよな』

『おまえと喧嘩とかしなくてよかったな～』

『よし、副社長就任祝いしようぜ。一文字の奢りでっ』

ふざけながら受け入れてもらえた。けれど……。

『おめでとうございます、副社長。現場で実績を積んだ方ですから、社員の信用はこれ以上になく篤いことでしょう』

仲のいい同期から、気やすくかかわることのできない重役扱いへ。

一番受け入れてもらいたかった彼女には、境界線を引かれてしまったのだ。

もしかしたら、いきなり知らされた事実に驚いてよそよそしくなっているだけではないか。

そうとも考えたが、話しかけても慇懃な態度を取られる。距離はふたたび近くはならないまま、仕事上もかかわりを持てないまま、忙しさに巻きこまれていった……。

その二年後、駿斗は社長に就任する。美羽子との距離は縮まらないどころかますます開いていく。

話しかける機会があっても、業務的な対応をされるだけ。昔のように話がしたい、あのころのように笑い合いたい。そんな希望は叶わなかった。

それでも彼女の動向は気にしていたし、頑張る姿を遠くから眺めていた。

気がつけば駿斗は三十三歳になっていた。美羽子は二十九歳。

コンプライアンス課の女性社員が寿退社をすると聞き、美羽子のことが猛然と気になった。

まるで、気にしないように蓋をしていたものが一気に噴き出したかのように。

疎遠になってしまってから、表向きの彼女しか知らない。

もしかしたら特別に親しくしている男がいるのではないだろうか。結婚を視野に入れているとか、もしかしたら準備をしているとか。焦りが胸の裡をじりじりと焦がしていく。

コンプライアンス課の主任、しかもその毅然とした人柄からアイアンレディとあだ名されているのは知っている。彼女らしいふたつ名をつけられたものだとも思う。

一見、浮いた話とは縁遠い場所にいるが、あんなに素敵な女性なのだからいつ「結婚する」という話になってもおかしくない。

今までそれを気にしたことがないわけではなかったものの、どこか現実みを感じられなくて考えるのを後回しにしていた。

駿斗自身に、結婚願望というものがなかったせいもある。美羽子に好意を寄せているのは自覚している。でも、その前に、壊れてしまった同期としての関係をまず修復しなければどうにもならない。そう思っていた。

しかし、彼女の身近に結婚というイベントが発生したことで、急に焦りが生まれたのである。

確認しなくては。避けられようと、境界線を引かれようと、社長扱いをされようと。

いきなり恋愛関係になるのは無理だろう。彼女が、コンプライアンス課の主任という肩書きに自ら縛られている印象も受けるからだ。普通に誘っても応じてもらえるとは思えない。まずはあのころのように笑って話が聞ける関係に戻ってからだ。

願わくは彼女がフリーであってほしい。フリーであることが確認できれば、そのときは……。

もう、躊躇も遠慮もしないから。

美羽子がひとりで残業中だと情報を仕入れて、様子を見に行こうと法務部のあるフロアへ下りた。

オフィスへ向かうあいだに、いかにも男同士の世間話という内容で盛り上がる社員をやり過ごし、休憩スペースで思い悩む彼女を見つけたのだ。

傷ついていた。

あんな彼女を見て、声をかけないわけがない。

案の定、いち社員として距離を取られたけれど、そこからは必死だった。

こんなときは絶対にひとりであの小料理屋に行く。彼女が来店しているかどうかを女将に確認を取り、何食わぬ顔で駆けつけた。

同期たちと飲み、ときに美羽子とふたりで話をした小料理屋。思い出を懐かしむように、駿斗もふと思いついて訪れることがあったので女将とは話が通じている。

たまに「美羽子ちゃんとは会ってるの？」と聞かれることがあった。商売柄なのか、女将は、駿斗が美羽子に好意を持っていると気づいていたのだろう。

それだからか、「これから美羽子さんを口説こうと思っているので、正気を保っておこうと思いまして」と酒を断ったとき、嬉しそうにしてくれたのだ。

焦らぬよう落ち着いて、美羽子の話を聞く。彼女に男の影がないことを悟った。しかも——。

大勝利。

叫びながら走り回りたい気分だった。大人の余裕と見栄を張って、平静を装うのがあれほど苦しかったことはない。

彼女がまだ処女だったと知り、理性が吹っ飛びそうになった。……いや、秒で吹っ飛んだ。我ながら、部屋を取るまでの決断と行動が迅速すぎた。

部屋に入ってキスをしようとしたとき、緊張で表情を固めまぶたを閉じたのを見て、キスも初めてなのだと悟り、再び理性が吹っ飛びそうになる。

暴走しかける気持ちをなんとか抑えて彼女をバスルームへ行かせ、ソッコーでベッドルームへ走って照明を整えて避妊具を枕の下にかくしておいた。

——ベッドでの彼女は、かわいくてかわいくて、信じられないくらい昂った。

処女だった彼女に、三度も挑んでしまった……。いや、失神しなかったら、さらに調子にのっていた自信がある。

(仕方がないだろう……あんなこと言われたら)

駿斗を突き動かした言葉を思いだす。いつまでも頭の中で響いている、美羽子の言葉だ。

——駿斗さんしか……さわらないから。

美羽子に触れる男は駿斗だけだと、言ってくれた。

あれは、絶頂寸前の勢いで出た言葉ではないと思っていいだろうか。彼女の本心なのだと、信じてもいいだろうか。

美羽子を抱くのは、一生、駿斗だけなんだと。

そのときの美羽子を思い返していて、にわかに焦り出す。

(……マズい)

念願だった彼女を愛し足りなくて疼いていた駿斗自身が、甘い時間を思いだして元気になりかけている。

断腸の思いを駆使しすぎてつらくなってきた。一度クールダウンしようと、駿斗はゆっくりと美羽子から身体を離しベッドを下りる。

リビングへ出て、水でも飲もうか、いっそシャワーでも浴びてスッキリさせようかと考えつつセンターテーブルに置いておいたスマホを手に取る。

着信があったようで、通知が目に入った。急ぎの仕事はなかったはずだが、なにかあったのだろうか。急いで送信相手を確認し……アプリを閉じる。

表示されたのは女性の名前。それも、ふたり。美羽子を抱いて気分がいいときに見たい名前ではない。

「……こっちは……さっさと片づけないとな……」

眉を寄せて溜息をつく。ある意味、トーンダウンの役には立った。

これ以上気分が悪くならないよう、駿斗は早々にスマホを置き、美羽子が待つベッドルームへ足を向けた。

第三章　鉄をも蕩かす情熱で

夢心地だったのは、週明け、会社に到着するまでだった。

それどころか現実に引き戻されてみると、週末の出来事は夢だったのではないかと、己の記憶に自信がもてなくなった。

考えてみれば、本当に夢のような話だ。

入社当時から好きだった駿斗と、夜を共にした。それも一晩ではない。美羽子が自分のマンションに帰ったのが日曜日の午後だったので、金曜日の夜から二晩も彼と過ごしたことになる。

身体を繋ぐのは一度だけ。美羽子のハジメテを引き受けてもらったらそれでおしまい。そう思っていたのに……。

この二泊三日のあいだに何度彼に抱かれたのだろう。それより、自分は何度達してしまったのだろう。

鈍痛に戸惑ったのは最初だけ。回数を重ねるごとに感度はよくなり快感に溺れた。

もしかしたら、機会がなくて知らなかっただけで、とんでもなくいやらしい女だったのでは……と、少しだけ悩んだほどだ。

駿斗は優しく紳士的だと思えば、ときおりズルい顔と声で美羽子を煽る。そんな彼に堪らなくゾクゾクしてしまった自分も……どうかと思う。

いくら同期として親しくしていた時期があるとはいえ、今の彼は社長なのだ。そんな人と夢のような時間を過ごしたなんて、本当に夢だったほうが現実みがある。

社長が社員と肉体関係にあるなんて、あってはいけない。もし仮に恋人になったとしても、それは彼にとってリスクでしかないし、話が広がれば美羽子も仕事がしづらくなる。

――そもそも、駿斗が副社長に就任し会社の御曹司だとわかったとき、縁談の相手候補としてつけられていた秘書を見て現実を思い知らされた。

自分は彼の隣に立てるような女ではないと悟り、これ以上好きになる前に……距離を置こうと努めたのだ。

夢のような時間だったなら、夢だと思えばいい。

もう終わってしまったのだから。

彼のおかげで処女を捨てられたし、好きな人に抱かれる喜びも教えてもらった。今まで言われたことのない「かわいい」という言葉もたくさんもらった。

後悔はない。幸せすぎた夢だ。

そう考えながら、美羽子は仕事に入った。

「夕方には顧問弁護士の先生との会議があるから、それまでに精査書類のチェックをして。内通の件には私があたるから、外通のほうを課長に回してくれる？」

「承知いたしましたぁっ」

ふざけているようにも聞こえるが、これが山内の個性である。こんなテンションのときの彼は調子がいい。仕事にもミスが出ないので、いつもこのテンションでいてくれたらいいとさえ考えている。

山内は張りきった足取りで自席へ戻っていく。なにかいいことでもあったのだろうか。

（休日が楽しかったとか……）

何気なく考えて、……駿斗と過ごした休日を思いだす。頬が熱を持ちはじめるより早くその思考を振り払い、パソコンのモニターに向かった。

思いだせば顔は真っ赤になるだろうし、鼓動が速くなって思考は乱れる。つまりは仕事に集中できなくなるのが目に見えているからだ。

それではいけない。回避するためには、駿斗の面影を頭から追い出さなくてはならないのだが……。

（……それができれば、とっくにやってる）

駿斗がこの会社の経営者一族の御曹司だとわかったときに、その存在を美羽子の中から排除できていたのなら、今回悩みを彼に話すこともなかっただろうし、一夜の夢を見ようとも思わなかっただろう。

だけど、恋心は心の奥に押しこめられていただけで、消えてはいなかった。

——いい夢だった。

夢だったと割りきれるまで、時間がかかるかもしれない。

それならそれでいい。

ゆっくり、ゆっくり、自分の中で消化していけばいいのだ。

「内部通報、なにかありましたか？　お悩み相談だけなら平和ですけどね」

背後に誰かが立ち、モニターを覗きこんでくる。

美羽子は後ろに顔を向けながら身体を横に寄せた。

「鎧塚主任宛のお悩み相談ばっかりだ。相変わらず頼りにされてますね～。モテモテだ」

「お疲れ様です、鹿原さん」

「どうも」

にこりと笑顔を作って背筋を伸ばしたのは、鹿原敦（あつし）弁護士。法務部所属の外部弁護士で、主にコンプライアンス課の顧問を担当している。

国内最高峰の国立大学卒。日々のジム通いを欠かさないという、外見は渋めの三十五歳。独身だしモテそうな印象だが恋人はいないらしい。ひとりを楽しむ独身貴族かと思えば、結婚願望はあるのだとか。

実際、彼はモテる。社内にも鹿原お目当ての女性社員が存在するくらい。話しやすく世間話も気さくにする。「彼女ができた」という話も何度か聞いていた。

……何度か聞いた、ということは、ひとりと長続きしていないということ。

仕事には真面目だしユーモアもあるし、被害者には親身になってくれる。とてもいい人なのだが……。

おそらく幾多の女性たちが、彼の趣味につきあいきれず挫折(ざせつ)したのだろうと推測せざるをえない。

「そういえば、美羽子女史の初恋って、何歳でした？」

「なんですか、いきなり。というか、そういう質問はＮＧだってもちろん知ってますよね？なにか仕事に関係が？」

「あるといえばあるし、ないといえばないです」

「それなら言う必要はないですね」

「クールですね～」

質問をさらっと流し、通りすがりに聞き耳を立てようとしていた香苗を、シッシと手を振って追い払う仕草をする。

「残念、聞きたかったっ」と笑って歩いていく彼女に「そうはいくか」とおどけたひとことをかけて鹿原に顔を戻した。

「会議は午後からですよ。いらっしゃるのが早いですね。なにか気になることでもありました？」

「はい、美羽子女史の初恋は何歳かなと」

「それはもういいですから」

苦笑いでかわす。たとえ仕事に関係があったとしても本当のことなど言えるものか。——現在進行形の初恋なのだから……。

「なぜそこまで気にされるんです？」

もしやという予想を立てつつ尋ねてみる。とたんに鹿原の表情が生き生きとした。

「それがね、先日傍聴した公判なんですけど——」

——予想的中。

鹿原は意気揚々と話をはじめる。どうやら最近傍聴した公判に関連して、追求したい疑問が出てきたらしい。それは初恋の男性を殺害してしまった女性の刑事裁判で、幼いころに結婚の約束をした彼がほかの女性と結婚しようとしたから、というのが動機とのこと。

「そういった気持ちは、一般的なのかなと考えましてね。いろんな人の意見を伺っているところなんです。けっこういるんですよ、そういう人。だから、美羽子女史にもそんな夢見る面があるのかなと思ったわけです」

「若干、言い方が失礼ですね。ま、いいですけど。残念ながら、結婚の約束をするような幼馴染はいませんでしたね」

「幼馴染じゃなくても、幼稚園で同じ組だった男の子とか、小学校一年生のときに新入生のお世話をしてくれた六年生のお兄さんとか」

「まったく、ありませんっ」

「女史ぃ～」

そんな「つまらん」みたいな目をされても、ないものはないのだ。

幼いころは〝かわいいお嫁さん〟を目指して頑張っていたのだから、〝トキメキのある出来事〟があってもいいようなものである。

しかし、本当に、ない。

〝かわいいお嫁さん〟になるべく、自分のスキルと意識を上げることにしか興味がなかった。

おとぎ話のお姫様たちのように、誰からも好かれるかわいい女性になれるように。

結果、目指した方向を誤ったのか、トキメキのある出来事とは縁遠い人生になってしまったのだが。

望んだ話は聞けなかったにしろ、それでへこむ鹿原ではない。彼は次が本題とばかりに張りきって話を切りだす。

「というわけで、次回公判、一緒に傍聴しませんか？　傍聴券は間違いなく取れるので」

「結構です。あっ、いやですっていう意味ですからね」

「女史ぃ～」

そんな「つれない」みたいな声を出されても、いやなものはいやだ。

だいいち、興味がない。

人を裁き裁かれる場を、面白がって観にいく趣味はないのだ。

鹿原は傍聴マニアなのである。彼女ができても長続きしないのは、おそらくこの趣味のせいではないかと思う。

いくらなんでもデートで裁判所に行ったことはないだろう。……いや、あるのかもしれないが、傍聴した公判の話を延々と話して聞かせた可能性はおおいにある。

その手の話が好きな相手なら別だが、興味がない、怖い、気分が悪い、そう思う相手にとってはつきあいきれないだろう。

「まさかと思いますけど、傍聴のお誘いのために早めにいらっしゃったんですか？」

「イエース、さすが女史」

（いやいや、さすが、じゃないから！）

むしろ、傍聴仲間をゲットするために行動する鹿原の動きがさすがである。

「申し訳ありません、私、その手のものは……」

「駄目ですよ、鹿原先生。そういった特殊な趣味を無理強いしては」

割りこんできた助け舟。助かったと思うより先にその声の主に驚く。

「というか、そんなに堂々と弊社の女性社員を誘わないでいただきたい」

いつのまにかオフィスに駿斗が立っている。おだやかな表情に見えるのに、その双眸は鋭さをたたえて鹿原を捉えている。

これはマズい状況だ。なぜ駿斗がここにいるのかは知らないが、業務時間中だというのに一緒に公判を観にいくかどうかの話をしている。仕事にはまったく関係のない話だ。

社長である駿斗が不快に感じても無理はない。

「申し訳ございません、社長、業務時間中に……」

慌てて腰を浮かせる。

そんな美羽子を手で制し、駿斗は鹿原に視線を向けたまま厳しい言葉をかけた。

「こういったことは、初めてではないのでしょう。目に余るようなら、顧問を続けていただくかどうかも検討しなくてはなりません」

オフィス内の温度が急激に下がった。課員たちも手を止めて様子を窺っていた。

仕事には厳しいとはいえ、おだやかで紳士的な社長という評価のほうが大きい。そんな駿斗が、こんなにも峻厳なさまを見せている。

注意された鹿原も驚いた顔で駿斗を見ていた。

おそらく誰もが、こんなに怒るなんてと意外に思いつつ、その原因は鹿原にあると思っている。……しかし、美羽子は少し違うように感じた。

先週、駿斗とバーで飲んでいるとき、かわいいものが好きなのだというカミングアウトと一緒に、鹿原に公判を傍聴しにいこうと誘われるという話をしてしまった。

社長である駿斗の立場にしてみれば好ましい事態ではない。「こういったことは、初めてではないのでしょう」という言葉が出たのは、美羽子に聞いて知っていたからだ。

(もしかして……先生が私を誘っていたから……?)

美羽子を誘ったから、駿斗が気分を害したのではないのか。

(まさか……。そんなの自惚れだ)

都合のよすぎる考えを振り払い、しかし鹿原だけが責められるこの状況にはひと言申し上げなくては。そう考えたとき、鹿原が軽く笑い声をあげた。

「申し訳ない。一文字社長が不快に思われるのも、もっともでした」

明るい口調だったおかげで、課内の空気が幾分やわらぐ。

すぐに鹿原はその襟を正した。

「私には趣味を共有できる知人があまりいないもので、話を聞いてくれそうな優しい人を見つけるとつい話しこんでしまいます。まあ、つまりは鎧塚女史の優しさにつけこんでしまった、ということですか。彼女がつけこみたくなる素敵な女性であるのは、一文字社長のほうがご存じでしょう」

「もちろんです」

即答。

美羽子が焦るくらい返事が早い。思わずおののいてガチャガチャっとデスクチェアを鳴らしてしまった。

「とにかく、これからは場所と時間をわきまえて雑談をします。それで、この場はご勘弁ください。皆さんも気になって仕事が進まないようなので」

手を止めていた課員たちが、にわかに仕事をはじめる。しかしやはり気になるのかチラチラとこちらを窺っていた。

社員のやる気を散らしてまで責めたいわけではないのだろう。駿斗は軽く息を吐いて表情をやわらげる。

「わかりました。こちらこそ場を改めもせず申し訳ありませんでした」

「とんでもない。女史が困っていると思われたからこその行動でしょう。カッコいいです。では、私はのちほど出直しますので」

笑顔で会釈をし、鹿原はオフィスを出ていった。

一件落着したらしいとホッとした社員たちが自分の仕事に戻っていく。

駿斗に目を向けると、なにか言いたげに美羽子を見ている。美羽子にも注意をしておかなくてはとでも思っているのだろうか。駿斗の仕事に差し支えたら申し訳ない、ここは自分から謝っておくべきだ。

美羽子は静かに立ち上がり頭を下げる。

「社長、申し訳ございません。私も気持ちがゆるんでいたのだと……」

「そうだね。少し話が聞きたいから、お昼も兼ねてちょっと出よう」

「は？」

これは、別の場所に移動して改めて叱られるということなのだろう。それにしては口調が軽やかだ。

「どうせもう昼だし。ランチでもしながら話をしよう」

「……まだ……正午まで三十分ありますが……」

「話をしていたら三十分なんてすぐだよ。すぐ用意をしてください」

逆らえない要求を笑顔で出し、駿斗は課長の席へ顔を向ける。

「ヒアリングこみで主任をお借りします。午後の仕事には支障のないよう戻しますのでご心配なく」

そんな社長の申し出に、異議を唱えられる者などいるものか。

いっときホッとゆるんでいたはずのオフィスに再び緊張を走らせ、美羽子は駿斗に連れ出されたのである。


業務と無関係な会話を長々としていたことに対する注意。

また、「目に余るようなら、顧問を続けていただくかどうかも検討しなくてはなりません」

と口にしていたことから、顧問としての鹿原の仕事ぶりを報告。

そのあたりが話のメインだろうと覚悟して駿斗についていった美羽子だったが、……なぜか今、アメリカの東海岸のリゾートに迷いこんだかと錯覚しそうな内装のビストロにいる。

椅子はふかふかのソファ、それもカップル席らしく密着する位置に駿斗が座っている。おまけに……。

「ここはブランチが有名で、自家製ブリオッシュを使ったフレンチトーストが絶品だ。エッグベネディクトのブランチも種類が多彩で美羽子さんにお勧めしたかったんだけど、でもやっぱり、今回はこれかなと思う」

楽しげに指をさすテーブルには、ふたりぶんのアフタヌーンティーが用意されていた。

それも困ったことに、顔がにやけてしまいそうなほどかわいいのだ。

メインは苺(いちご)。パブロバ、ティラミス、マカロン、ムースケーキ、タルトなどのスイーツから、サーモンのオープンサンド、コンソメのジュレ、サンドイッチ、カプレーゼなどのセイボリーまで。

一品一品が、とにかくかわいい。

かわいいで済ませられないくらいのかわいらしさ。それを感じさせるのは、皿やカップに添えられたうさぎのマスコットだ。

カップの飲み口にぶら下がっているもの、スイーツの陰から顔を覗かせているもの、ティーポットに添えられた手のひらサイズのぬいぐるみに至っては、なんと燕尾服を着て片眼鏡をかけている。

これは、完全に童話の世界ではないか。

こんなメルヘンでかわいすぎる空間に身を置いたのは初めてだ。

(かわいいっ、なにこれっ、かわいすぎでしょっ。フルーツメインのアフタヌーンティーのなかでもトップレベルにかわいいんですけど!)

表情筋がゆるんでいくのがわかる。それでも締まりのない顔にならないよう意識をして引き締めるが、口元がそれにさからおうとしているのを感じてきゅっと横に引き結んだ。

この感動を写真に残したい。思わずスマホを出しかけるもののその手をプライドが抑えこむ。

「写真撮らないの？　食べる前に撮っておいたほうがいいだろう？」

駿斗の言葉が美羽子のプライドを引きはがそうとする。自分に言い聞かせる意味でも、はがされる前に否定を口にした。

「いいの……ガラじゃないから……」

「ガラ？」

「ほら、こういう見た目がいいものは写真を撮ってSNSにあげる人が多いから。私が写真なんか撮っていたら『うわっ、似合わない』って思われるのがオチだし、こういうかわいいものではしゃぐのは、ほら……あっちの席の子たちみたいな、女子力高そうな人たちのほうが似合うし……」

こそっと指で示したテーブルには大学生のグループらしき女の子が四人、苺のアフタヌーンティーを前に歓声をあげながらスマホを向けている。

「ふーん、じゃあ俺が撮る」

躊躇する美羽子をよそに、駿斗は自分のスマホを出すと角度を変えて何枚も撮っていく。苺や生クリーム、チョコレートがトッピングされたフレンチトーストと紅茶を美羽子の前に寄せると「美羽子さーん、このフレンチトースト、すっごくかわいいね」と話しかけながら楽しげに手を振る。

確かにかわいい。不意をつかれた問いかけに表情を意識する余裕なんてない。心のままにニコッとして手を振り返してしまった瞬間――シャッター音。

「超かわいいのが撮れた。フレンチトーストよりかわいい」

「しゃっ……しゃちょ……」

なんて照れくさいことを言ってくれるのだろう。すると駿斗が顔を寄せてきて、スマホを目の目でかざし……。

「はい、撮るよー」

「えっ⁉」

表情を作る間もなく一緒に撮られてしまった。

「不意打ちした美羽子はかわいいな。壁紙にしよう」

「ちょっ……」

やることが予想外すぎてついていけない。美羽子のスマホが音をたて、取り出して見てみると駿斗が撮ったばかりのものを送ってきていた。

意識はできていなかったが、フレンチトーストよりかわいいなんて言われて少し恥ずかしそうに微笑んでいるように見える。

「かわいい顔してると思わない？　美羽子はSNS映えするスイーツよりずっとずっとかわいい顔ができるんだ。ちゃんと自覚して」

自分で見ても表情がやわらかい。おそらく、会社では絶対しない顔だ。

というより、自分自身、こんな顔ができるなんて知らなかった……。

「スイーツの写真、あとで厳選して送るよ。撮っていたら食べる時間がなくなりそうだ。食べながら話をしよう」

カトラリーを手に取りハッとする。そうだ、照れている場合ではない。〝社長〟に連れ出されたのは、注意を受けるためだ。

あらかじめ「話は向こうでするから」と言われていたので、移動の車の中では謝ることもできなかった。美羽子は一度手に取ったカトラリーを置いて膝を駿斗に向ける。

「社長、先ほどは……」

改まった声を出す……と、フォークに刺さった苺を唇に押しつけられて言葉が止まった。

「かわいいかわいい美羽子と物理的にも甘い時間を過ごそうとしているのに、温度を下げないでほしいな。それと、会社の外なんだから、その呼びかたはナシだ」

（いや、でも、業務時間内ですよね……。お昼休みだけど。そもそも仕事で呼ばれたのでは）

一緒に過ごした週末は、就業時間ではなく、完全にプライベートだったから「駿斗さん」と呼べたのだ。

社長と呼んではいけない条件が、会社の外だから、に変わってしまっている。そのあたりに言及したいところだが、苺で唇をふさがれたままなのでどうしたものか。

「美羽子、あーん」

「は？　あ、あーん？」

わけがわからず口を開いた瞬間、苺がするんっと口腔内に滑りこむ。

「この苺、甘い匂い」

そう口にする駿斗の微笑みがまた甘い。「あーん」と苺を食べさせられるという突発的なイベントよりも甘いくらいだ。

「本音を言うなら、謝らなければならないのは俺のほうだと思っている。鹿原先生と美羽子が思った以上に仲がよくて……」

美羽子が気にしていると感じたのか、駿斗はフレンチトーストを食べながら話を切りだす。その内容に聞き入るあまり、苺を嚥下するのも忘れた。

「らしくなかったなと自分でも思う。先生はやっぱり状況判断が素晴らしいな、昔からそうだ。俺の様子がいつもと違うと悟って、あの場をおさめるために自分から折れてくれたんだ」

「口調が厳しかったので……」

「ついきつくなった。むちゃくちゃ嫉妬したから」

(嫉妬……)

その単語を意識した瞬間、ぼっと頬が熱くなる。自惚れだと自分を諌めたが、それが真実だったらしい。

だが、なぜ、一度きりの関係を持っただけの美羽子に、駿斗が嫉妬などするのだろう。

ふたりは恋人でもない。

どういうことなのか、経験値がなさすぎて判断できない。一度身体を結べば情が湧くと聞いたことがあるが、それだろうか。

だとすれば、そのせいでいっときの独占欲を持たれたにすぎない。

(それでも……、嬉しい)

「先生には、あとで感情的になってしまったことを謝っておくから。心配しないで」

片手で口をかくし、喉を鳴らして苺を飲みこむ。甘いはずの苺がなぜか甘酸っぱく感じてしまい、口の中に唾液が溜まって焦ったのだ。

「美羽子が先生を頼りにしているのは知っている。コンプライアンス課内での信頼が篤いのも知っている。顧問から外すなんて考えはないから安心していい」

「ありがとうございます」

ホッと軽く息を吐く。戻ってから説明すれば、課内の妙な空気も軽くなるだろう。——「社長が嫉妬しただけです」とは間違っても言えないが……。

「でもさ……」

後頭部に駿斗の手がかかり軽く引き寄せられる。至近距離で、甘いフレンチトーストの香りが耳朶をくすぐった。

「美羽子を誘わないでくれ、っていうのは念を押しておいていいよな?」

どこかはにかみを感じさせる声に胸を射抜かれる。苦しいくらいにきゅんっとした瞬間、抵抗もできないまま耳まで熱が伝わった。

「……いい、です」

「うん」

後頭部から手が離れる。その手を追うように目を向けると、美羽子を見つめる瞳と視線が絡まった。

――どうして、そんな目で見るの？

見惚れてしまいそうな秀麗さが愛しさを含んで……とても、甘い……。

「水曜日の夜、デートしよう。ディナーを予約しておくから」

水曜日。今日は月曜日だから、明後日にはまた、駿斗のこの眼差しに会える。

デートの約束だなんて、なぜこんなことになってしまっているのだろう。駿斗は、なぜ美羽子を誘うのだろう。

この不可思議な状況についてしっかり追及したほうがいいとは感じつつ……。まるで魅入られたかのように、「はい」と返事をしていた。

「でもホント、何事もなくてよかったですよ。呼び出されたときはやばいと思ったんですから。

思わずほかの顧問の先生に相談しようかと思っちゃいました」

ホッとした勢いで楽しげに笑い、香苗は美羽子のデスクに個包装されたチョコレート菓子を置く。

おそらく、「社長にヒアリングされながらのお昼じゃ、食べた気がしなかったでしょう。ひと息ついてくださいね、お疲れ様です」という意味がこめられた菓子である。

課員みんなが同じ思いらしく、香苗に続いて山内、ほかの課員から課長まで、美羽子のデスクに手持ちの菓子を置いていく。いたわられすぎて、動物園のパンダにでもなった気分だ。

しかしこうやって構ってもらえるのはありがたい。先ほどの出来事が、現実なのだと認識することができる。

（夢……じゃなかったんだ）

山内が「主任の一大事かぁ!?」と焦りつつ全集中の気合でチェックしたと自慢げに渡してきた精査書類に目を通しながら、美羽子は夢の余韻を心にとどめる。

駿斗とお洒落(しゃれ)なリゾート風のビストロでアフタヌーンティー。メニューも盛りつけも写真に撮られることを意識しているとしか思えないかわいらしさ。それだけではなく味も最高だった。

……と思う。

正直、味に関しては鮮明な記憶がない。「美味しかった」というのは間違いのない記憶としてあるのだが、あれだけ種類の豊富なメニューだったのに、甘いだけではなくちゃんと塩味がメインのものもあったというのに。

全部ひっくるめて「美味しかった」としか覚えていない。

記憶の大半を占めるのは、駿斗の表情、駿斗の声、彼が頬や髪や頭にふれた手の感触。

そして、とても大事に大事に、美羽子を扱ってくれたこと。

——まるで、お姫様のように。

(なんだったんだろう……あれ)

現実だったのだとわかってはいても、今でも夢心地だ。駿斗の言葉にときめいて、視線に心を奪われて、まったく自分らしくない。

あの店にいた美羽子は、美羽子ではなかったのではないだろうか。

——水曜日の夜、デートしよう。ディナーを予約しておくから。

あの言葉に、「はい」と返事をしていた。

受けるべきではなかった。自社の社長からデートに誘われたなんて、一歩間違えばコンプラ案件だ。

いつもの美羽子ならば「コンプラに抵触しますよ。発言にはお気をつけください」と冷静に言えるはずなのに。

（私……なにかおかしい……）

冷静に言えなかったばかりか、駿斗が醸し出す紳士的な甘いオーラにコテンパンにされていた気がする。

よく考えてみれば水曜日は「ノー残業デー」で、特別な事情がない限り残業はしない決まりになっている。

駿斗が水曜日と言ったのはそれがあるからだろう。確実に予定を組みやすい。

それなのに、あのときの美羽子は、明後日になればまたこんな蕩かされてしまいそうな時間を駿斗と一緒にすごせるとしか考えていなかった。

（私が私じゃないっ!!）

これはいけない。こんなのではいけない。アイアンレディと言われる美羽子が、こんなにふわふわしていていいわけがない。

美羽子は眉間に力を入れてフンッと気合を入れると、その顔で座ったままデスクチェアをくるっと回して声を張った。

「山内君、おそらく鹿原先生のヒアリングが入るから、当事者の予定を押さえておいて。それと課長、先週の外通の進捗、いただいていいですか」

予想外の請求をされたとばかりにギョッとする課長を意に介さず美羽子が立ち上がると、山内が調子よく近寄ってきてピッと敬礼をする。

「承知いったしましたっ」

「いい返事。張りきってくれて頼もしいよ」

「主任にそう言ってもらえて、今日は最高の日ですよ～。もっと張りきりますっ」

「山内君はご機嫌だとすぐにわかるんだ。いいことあった？」

「はい～、ちょっと週末に……あ、主任には興味のないことですっ」

嬉しそうで浮ついたその様子は、十中八九、恋人がらみだろう。

美羽子は相変わらず、恋愛ごとには興味がないと思われているようだ。

そのほうが都合はいい。社長とつきあっている、……もとい、つきあってはいないけれど週二回、身体だけの関係があるなんて知られたら、不適切どころではない。同意があったとしても、美羽子の立場ではかなり面倒なことになる。いや、社長である駿斗のほうがまずい。

山内はハイテンションを控えめにしながら、意味ありげな含み笑いで自席へ戻っていく。「あらあら」と微笑ましげな課員の声が聞こえるなか、〝週末〟というワードに引っかかった美羽子の脳裏に、夢のような先週末の出来事が巻き戻し再生され……。

「若者は微笑ましいねぇ。ねっ、主任っ」

「そっ、そ、そうねっ」

笑いながら話しかけてきた香苗に笑顔を返し、トリップしそうになった思考を慌てて引き戻して何食わぬ顔で課長のデスクへ向かう。

危なかった。

話しかけられなければ、真っ赤になって立ちすくむ姿をさらしていたかもしれない……。


気持ちをしっかりと引き締めなくては。

美羽子としては、駿斗と過ごした時間を思いだすと気持ちがゆるんでしまうから、仕事に支障が出ないように気をつけているだけのつもりだった。

しかしそれは、周囲からはなかなかに鬼気迫る雰囲気に見えたらしく「鉄も熔けるほどの仕事への情熱」などと囁かれていたらしい。

〝鉄の女〟のイメージをさらに強くしてしまった。……が、そうとは考えなかった男が、ひとりいる。

「月曜日の午後から、素晴らしく手際がよかったと聞いている。俺はすぐにわかったよ。美羽子さんは、水曜の終業時に仕事をいっさい残さぬよう、動いてくれているのだと。俺とのデートに備えてくれていたんだよね。わかる、わかるよ。俺も同じだ。この夜をどれだけ待ち望んだか」

「はあ……」

駿斗の熱弁に対して、美羽子の返事には覇気がない。というよりは、どう反応していいものか決めあぐねている。

みっともない自分を見せないようにと意識していただけなのに、周囲には仕事に燃えていると言われるし、駿斗には水曜日のデートのためと言われてしまうし。

水曜日のデートを意識していなかったわけではないが、意識すれば顔に出てしまいそうになる。極力考えないように、意識しないように、心の片隅にとどめておく程度に保っていたのだ。

そして、どう反応しようかと困惑するのは、勘違いに対してだけではない。

(私……どうしてこんなところにいるんだろう……)

目の前にカクテルが置かれる。大きなグラスにはたくさんのフルーツが飾られていて、カクテルが主役なのかフルーツが主役なのかわからないほどだ。

そんな派手なカクテルを運んできてくれたのは、カマーベストに蝶(ちょう)ネクタイの礼儀正しいホテルマン。このカクテルならアロハシャツにハーフパンツのトロピカルな服装のほうが似合う気もするが、外資系の一流ホテルにおいてそれはありえないようだ。

ふたりがいる場所も、このカクテルには似合わない。いや、このカクテルがチョイスミスだったというべきか。

高い天井、格式高い教会にあるような薔薇窓（ばらまど）のステンドグラス、運動会でもできそうなほど広いスペース、その大半を占める楕円形（だえんけい）の……プール。ここにいるのは駿斗と美羽子、ふたりだけ。もちろん水着姿である。

人工のさざ波が内側からライトアップされていて、とても幻想的な雰囲気だ。水の中に入ったら自分の身体がライトアップされるのだろう。それを想像すると少々恥ずかしい。

（まあ、泳ぐわけじゃないからいいか）

置かれた状況に諦めをつけつつ、ストローでカクテルを吸い上げる。ストローでアルコールを飲む日がくるとは思ってもみなかったが、グラスの周りはフルーツで埋められているので飲み口がないのだ。

水曜日にデートしようとは言われていたものの、その日の夕方まで連絡はなく、気にしないようにしつつも中止なのかなと思ったりしていた。

終業時間になった瞬間、駿斗からスマホにメッセージが届き、待ち合わせ場所を指定されたのである。

会社の裏通りで駿斗の車に拾われ、連れていかれたのは外資系一流ホテルのリストランテ。

ドレスコードがあったので一瞬ドキッとしたが、手持ちのスーツの中でも上等なものを着用していたおかげでパスできた。

……水曜日、ということでなんとなくいいものを選んでしまっていた自分が……浮かれていることを物語っていて少し照れくさい。

『今日は俺とデートだから、さりげなく決めてきてくれたんだろう？　スーツに気品がある。もしドレスのほうがいいと言われたら下のショップで選ぶつもりだったんだ』

駿斗には見透かされていたようだ。

それにしてもホテル内のショップといえば高価な海外ブランドばかり。そんなところで、食事のためだけに服を選ぶなんてとんでもない話だ。それくらいならいつもの小料理屋にでも引っ張っていく。

『社長……、じゃなくて、駿斗さんが〝デート〟なんて意味深なことを言うから、もしかしてと思ってスーツのレベルを上げただけです。正解でした』

そう言ってごまかしたが、「わかった、わかった」と笑われたので本当にごまかせたのかはわからない。

しかしディナーのあと、美羽子は結局ショップのひとつに連れこまれた。

あれよあれよと選ばされてしまったのは——水着である。

カシュクールのワンピースタイプ。背中のクロス部分でリボン結びをするようになっていて、パールブラックという大人っぽい色なのに雰囲気がかわいらしい。

選ばされてしまったというか、この水着を見つけて「かわいいな、でもリボン結びなんて、かわいすぎるかな」と迷っていた美羽子の心を見透かしたように、駿斗が即決してしまったのである。

駿斗は普通にルーズスパッツの水着だが、色はおそろいである。

なぜ水着が必要なのかと聞けば……。

『ナイトプールって、恋人同士っぽくていいだろう？　でも、場所によってはナンパの温床だったり、人のイチャイチャを見せつけられるだけって聞いたから、美羽子とゆっくり雰囲気に浸るとなればホテルのプライベートプールかなと思って』

ホテルのプール、であるだけでも特別感が満載なのに、プライベートプールとは。

ホテルのプールをプライベートで使用できる特権なのかプランなのかは知らないが、そういったコネがあるらしい。

（ここ……手配するのに、おいくら万円かかるんだろう……）

庶民はそんなことを考えてはいけないと思いつつ、つい頭に浮かんでしまう。

「水辺ってさ、なぜか気持ちが開放的になるよね。海に行ってもそう感じるけど、気持ちが大きくなるっていうか」

プールのさざ波を見つめ、駿斗が長閑（のどか）な声を出す。ロンググラスのカクテルを片手にビーチサイドチェアで脚を伸ばして座っているだけなのに、とんでもなくカッコよく見える。

実際彼はカッコいいのだが、いつもとは雰囲気の違うカッコよさだ。

水辺効果か。はたまた水着だからか。

程よくついた筋肉は均整が取れている。身体の形がとてもいい。

（綺麗な身体……）

彼ならルーズスパッツタイプではなく、ぴたぴたのブーメランパンツでも似合うのではないだろうか。

ぼんやりと眺めながらカクテルを吸い上げる。先週末の、彼と過ごした時間のなかで、一糸まとわぬ姿は目に焼きつくほど見ているし、各所の硬さやわらかさを思いだせるくらい身体にもさわった。それでも、改めて見惚れてしまう。

「美羽子さん、ズルい」

「なにがですか？」

「俺も、美羽子さんの水着姿、舐めるようにじーっくり眺めたいのを我慢しているのに、美羽子さんばっかり俺のこと見てる」

「そっ、そんなことはっ……！　って、舐めるようにってて っ」

プールの豪華な雰囲気を楽しんでいるのだと思ったのに、美羽子に見られているのは察していたようだ。彼が口にする本音はいかがわしいのに、眺めたいと思われているのだと思うとドキドキする。

「むしろ舐めながら眺めたいっ」

「発言に問題ありませんかっ」

舐めながらとは、さらにいかがわしい。少しムキになった美羽子に向けられた駿斗の双眸が、ふっとゆるむ。わずかに身体を引くほどドキッとしてしまったのは、それが艶っぽく見えたからだ。

「だって、そうだろう？」

余韻を引く甘い口調。美羽子のほうへ身を寄せた駿斗は、肩にかかる細い布を人差し指で持ち上げた。

「こんなにかわいい格好をしているのに。舐めるどころか喰いつきながら眺めたいよ」

発言が過激になってきた。さらに彼は声にまで艶を含める。

「とても似合っているよ。水着だけならセクシーに見えるデザインなのに、美羽子が着ているとかわいらしい。やはりプールにしてよかった」

「……どうして、プールなんです？　それも、プライベートプールって……。プールサイドで飲むだけなら普通のナイトプールでもよかったのでは？」

「駄目。ああいう場所は下心のある男連中が多い。そんな奴らに美羽子を見せてたまるか。もったいない」

また。この人はサラリとなんてことを言うんだろう。それにそんな真剣な様子で言われたら「自分だって下心のある発言をしているくせに」とからかうこともできない。

「プールなら美羽子の水着姿が見られるし。さらにそれがプライベートプールなら、静かな水辺でふたりっきり。優雅でロマンチックだろう」

同期時代から仕事に取り組む際の雰囲気作りが上手い人だった。それはプライベートでもいかんなく発揮されているらしい。

(だから、モテるのかな……)

ふっと思考が考えたくない方向へ向きそうになる。思うままに声を出すことで、それを打ち消した。

「でも、水にも入らないのにプライベートプールだなんて、ちょっともったいないですね」

「じゃあ、入る？」

「は？」

美羽子の水着から手を離し、駿斗はスッと立ち上がる。腕を軽く回し「よしっ」と気合をいれるといきなり美羽子を抱き上げた。

「はっ、はやとさんっ？」

「そうだよな、もったいないな。どうせなら水に濡れた美羽子も堪能しておこう」

「ちょっ……！」

止める間もない。美羽子を姫抱きにしたまま軽く駆けだした駿斗は、波打ち際に似せて作られた浅瀬から一気に深いところまで進んでいった。

「はやっ……！」

焦るのは美羽子ばかり。駿斗は楽しげに笑っている。

「大丈夫だ、絶対に離さないから」

気がつけば美羽子は両腕を駿斗の肩に回してしがみついていた。水は駿斗の胸の高さの水位だが、勢いよく入ったせいでふたりとも頭からびしょ濡れだ。

「やっぱり、水に濡れた美羽子もかわいい」

顔を近づけて見つめてくる眼差しは、ズルいくらいに甘い。照れくさくなるのを知っていて、わざとやっているのではないかと思ってしまう。

「水って……、初めて見るわけでもないでしょう」

少し拗ねた言いかたになってしまい、大人げないかなと思う。——先日、シャワーを浴びながら繋がったときは、ふたりとも頭からびしょ濡れだったからだ。

そんなことを引き合いに出してしまうのはいやらしいだろうか。しかし駿斗も同じことを思ったらしく胸元に唇を落としてきた。

「うん……濡れた美羽子、また見たいな」

「今、見てるじゃないですか」

「ぐちゃぐちゃに濡れて、気持ちよくて泣きそうになっている美羽子が見たい。最高にかわいいんだ」

「……いやらしいですよ」

「うん……」

胸元にあった唇が肌を伝って上がってくる。唇に触れそうになると、逃がさないと言わんばかりに艶やかで狡猾な眼差しが美羽子を捉える。

「こうやって抱きかかえているだけでも滾ってくる。月曜日から……いや、日曜の夜からずっと我慢しているから」

「正直すぎます」

唇の表面が軽く触れる。

それだけなのに、肌がいきなり熱くなった気がした。プールの水は冷たくはないけれど、ふたりの熱で温まってしまうかもしれない。

「いや？」

駿斗の舌が唇のあわいをくすぐる。この人は、なんてズルいことをしながら意地悪なことを聞くのだろう。

「いやじゃないです」

そう返事をして、恥ずかしさをごまかすように自分から唇を押しつけた。

プライベートプールなんてものを用意しているのに、部屋を手配していないはずがない。

プールから出てそのまま上がったのは、上層階のスイートルームだ。

スイートルームと聞くだけで豪華な部屋なのは想像ができるが、ここにはリビングから繫がるテラスに、はめ込み式の大きなジェットバスがある。

デッキチェアやテーブルもあって、テラスは洋風のデザインだ。ジェットバスはリラクゼーション用かと思えば、水面からは湯気が立っている。

露天風呂という扱いらしい。

プライベートプールから客室へは専用のエレベーターがあって、水着のままでの移動が可能だった。ふたりはタオルで軽く拭いただけの水着姿で部屋に入り、駿斗にうながされてテラスのジェットバスへ向かった。

「駿斗さん、これはお風呂では？」

「身体が冷えなくていいだろう」

そういう問題ではない。問題は、ふたりが水着のまま入ってしまったということだ。お風呂ならば水着は脱いだほうがいいのでは……。

「このままでいい。どうせふたりきりだ」

疑問を察したかのように、駿斗はジェットバス内の段差に美羽子を座らせる。ジェットバス特有の動きで流れている湯が、腹部をくすぐった。

「それに、水着姿の美羽子はとてもかわいいし色っぽい。そんな美羽子を堪能する絶好のチャンスだ」

「チャンスって……ぁんっ」

水着の上から駿斗の両手が胸に触れる。まるで濡れた水着の布を絞ろうとするかのように撫で上げた。それも心なしか、胸のトップ付近を中心に力を入れてくる。

「ぁ、そこ、ばっかり……」

「なに？」

言いたいことがわかるのだろう。駿斗はさらに指で頂を擦る。唇を重ね、すぐに舌をさらっていった。

「んっ……ぅン」

手のひらで胸の高い部分をこすり指先で掻く。そんなことをされたらどうなるか、駿斗ならわかるだろう。すでに胸の頂の硬度が増しているのを感じている。

「あれ？　ここ、硬い」

「ん、ぁっ、だって……ハァ」

「どうしてかな」

切ない吐息が漏れる唇を、駿斗は楽しげについばむ。布の上の指が、あきらかに感触が違うだろう部分を圧し潰してきた。

「あっ、んンッ！」

「硬く大きくなっちゃったね。正直な身体だ、かわいいよ」

「そ、そう思うなら……、駿斗、さんっ……」

意地悪をされていると思うと上半身が左右に揺れ、じれったい声が出る。媚びた態度に思えて羞恥に揺れるが、駿斗が嬉しそうに見つめてくるとなぜかこれでいいかと思ってしまう。

布ごと胸の頂をつままれてひねられる。胸のカップごとなのでダイレクトに刺激が伝わるわけではなくとも、半端なぶんもどかしさが増す。

「ハァ……ぁん、や、あ……」

顎を上げて息を吐く。伸びた喉の線に駿斗が吸いつくと、途切れ途切れに声が震えて駄々っ子のように身体が焦れ動く。

「どうした？　してほしいことがあるなら言って。じゃないと、しばらくこのままだ」

「や、やぁ……そこ、そうじゃ、なくて、ぇ……」

「ここ？」

指が確実に頂を捕らえて挟みつける。胸の先に熱がこもり背が反りかけると、勢いでお尻が段差から滑ってしまう。

「おっと」

素早く身体を沈めた駿斗に支えられ、彼と一緒に湯に落ちる。美羽子の腰を引き寄せた駿斗が耳朶を食み、甘い声を吹きこんだ。

「水着の上からでいいの？」

わかっているのだ。美羽子がどうしてほしいのか。

意地悪だなと感じても、それが駿斗だと許せてしまう。

「直接……さわって、ほしい……」

小さな声しか出なかった。

これだけ密着していればそれで十分だった。こんな希望を口にするのに、彼の顔を見ていられるはずがない。それでも気になってちらりと目を向けると、なんとも言えない愛しげな表情が視界に入ってドキリとさせられる。

「恥ずかしがる美羽子は、ゾクゾクするほどかわいいな。見ていると嬉しくなる」

肩から水着が落ちていく。やわらかなふたつのふくらみがジェットバスの波のなかで揺れると、駿斗の手に包みこまれ押しこめるように揉み回される。

「ンッ、は、アン……意地悪、ですよ……ぁあっ、恥ずかしがって嬉しい、とか……ぁんっ」

「嬉しいに決まっている。俺しか知らない美羽子なんだから」

布越しに焦らされた乳首をつまみ、ぐにぐにと揉みたてられる。望んだとおりに触れられて悦(よろこ)んだ快感が、鋭くなった。

「あぁんっ……！」

「イイ声だ。もっと聞きたい」

湯の中で、駿斗の指が脚の付け根を探る。水着の線をなぞり、布を少しずつ引っ張って締めつけをゆるめてから指を忍ばせてきた。
「大変だ。ぬるぬるしてる」
「ぬるぬるって」
困った口調で両手を駿斗の腕に置くが、脚のあいだがぬかるんでいるのは自分でわかってい
る。プールの中で思わせぶりなことを言われてから、腰の奥が熱くて、期待した身体が潤って
いくのを感じていた。
指は閉じた花びらの上を行き来する。思わせぶりに花弁の内側へ潜るそぶりを見せては、も
ったいぶって薄い茂みを撫で回す。
「駿斗さ……ンッ」
その動きがじれったくて腰が左右に揺れる。自然と腿が開き、ゆるゆると奥へ導く隙間がで
きていく。
「もっと奥までさわってほしいの？　いいよ、俺もさわりたい」
蜜園をくすぐり、指はその奥を目指す。浅い場所でちゃぷちゃぷと出入りしたあと、膣壁を
押しながら先へ進んだ。
隘路を潤していた愛液をあふれさせながら、指がスライドされる。
粘膜を引っ張られる感触で腰が浮き、いいのか悪いのかジェットバスの刺激が内腿をくすぐ

って大きく腰が揺れる。

「あっ、あぁ、やぁん……」

「いいな……この感触。指で味わうのはもったいない。美羽子も指じゃないほうがいいって？

そうか、そうだよな」

「いっ、言ってな……あぁんっ」

勝手なことを言いつつ指を抜いた駿斗が、美羽子を支えながら立ち上がる。うながされるま
ま彼に背を向け、ジェットバスの縁を越えて床に両手をついた。

胸の下でたまっている水着の布がゆるめられると、股に余裕ができた。

この状態で行為に及ぶと察しはつくが、脱ぎかけの水着のままだなんてなんとも中途半端で
いかがわしい。

（な、なんだか、すごくいやらしい……）

そう思うのに、期待でドキドキしているのがわかる。早く駿斗の質量を感じたくて脚のあい
だが熱い。

しかし、ここでとある疑問が勃発する。

（もしかして、このままスる？）

ベッドではないし、着替えや荷物は部屋のなかだ。駿斗が避妊具を持参しているとしても、

スーツや荷物と一緒になっているのではないか。

身体が求めるままに繋がってしまいたい。しかし、避妊具なしで繋がるなんて、そんな刺激的な行為に及ぶのはまだ早いのではないか。

(でも、駿斗さんならいいんじゃ……、いや、でも、そんな、いっときの劣情に自分を任せるわけには……。でも、ずっと好きだった人だし、この先駿斗さん以外とこんなことしないだろうし……！)

悩ましさに混乱する。このままでいいという恋心の勢いと、なにかあったら駿斗に迷惑がかかるという理性がせめぎ合う。

「あのっ……駿斗さん、このまま……」

「なに？」

せめてもの覚悟を決めるためにも、このましてしまうのかを聞こうとした美羽子のそばに、駿斗が放ったゴミが落ちる。それを見て、戸惑いがスッと消えた。

それは、封を開けた避妊具のパッケージだ。

「このまま、なんてシないよ。……シたいけど」

美羽子の背中にキスをして、駿斗が誠実に不埒なことを言う。美羽子が戸惑った様子を見せたので、なにを言いたいのかを悟ったのだろう。

ゆるめた水着の股部分の布を脇に寄せ、熱り勃ったものがあてがわれる。

その感触にゾクゾクと身震いした。

「あっ、震えた？　早く挿れてほしい？」

「そ……うじゃなくてっ、アレ、持ってたんだって思っただけです。どこにかくしてたんですか？」

恥ずかしい会話をかわすと、駿斗の熱塊が秘裂に押しつけられたまま前後する。

「水着のポケットに入れていた。そのために選んだ水着だし」

「ポケット……」

なるほどと納得する。彼が穿いている水着のタイプはルーズだし、ポケットがついているデザインなのだろう。

そう考えれば、身体の線が綺麗な彼ならピッタリとしたタイプのほうがセクシーだし男らしいのに、ルーズなものを選んだ理由がわかる。

「プールだし、部屋にはジェットバスがあるって情報もあるし、用意しない手はないだろう？」

「確信犯っ……ァンッ！」

ズンっと、膨張した先端を膣口に呑みこまされる。駿斗がゆるやかに腰を使うと、ひと振りごとに奥へ奥へと進んでいった。

「ぁあ……入って……」

みちみちと花筒がいっぱいにされていく。破裂してしまいそうな充溢感がスゥッと違うものに昇華されると、恍惚感が這い上がってくる。

「あぁぁぁっ……クるぅ――――！」

お腹の奥がきゅんと疼いて締まっていく。

そのとたん、駿斗の動きが大きくなって抜き挿しが速くなった。

「また挿れたとたんにイったのか。美羽子も我慢していた？　欲しくてうずうずしていたのかな？」

「そ、そんなこと聞かな……ああっ！　やっ、あぁンッ！」

突きこまれるたびに身体が前に押される。手をついただけでは支えきれなくて、肘をつき頭を落とした。

「それに、『クる』じゃないよ。『イく』だろう？」

「だって……ヘンなの……クるから、やぁぁ……あンッ！」

「美羽子がいやらしく興奮して昂っていってるんだから、『イく』でいいんだ」

「ひゃっ……！」

尻たぶを強く掴まれ、ずくずくと勢いよく貫かれて両脚がくずおれそうになる。そうじゃなくても浮力のせいで足が浮きそうになるのを堪えているのに、ジェットバスの水流がそれを邪魔する。

脚に力を入れると駿斗自身をも強く締めてしまう。そのせいか屹立の抜き挿しが力強い。逞しいものが隧道を容赦なく擦り上げてくるのが、とんでもなく官能を刺激する。

「やっ、やぁぁ……はやと、さぁ……ンッ！」

「ああ、締まってすごいな。ほら、もう一回イっていいよ。ちゃんと『イく』って言うんだよ」

「あっ、あ！　ダメ……ぁあっ、イくぅ――――！」

蜜窟がびくびくと震え、脚の踏ん張りが水流に負ける。しかし駿斗と繋がったままなのでくずおれることはない。

上半身を抱き起こされ、縁に座った彼の膝に座らされた。

「はやと……さん」

「美羽子のナカ、ビクビク跳ねてずいぶんと暴れん坊だ。気持ちよくて堪らない。本当に、君はどれだけ俺を煽ったら気が済むんだろう」

駿斗の胸に背中をつけ彼の腿を跨いでいるのだが、体勢のせいなのか挿入が浅くなっているせいなのか、大きな質量が抜けそうになっているのがわかる。

腹部を波打たせながら隘路が大きく収縮を繰り返す。達した余韻で蠢く淫路が、もっともっと彼を欲しがって引きこもうとしている。

駿斗もそれを理解しているのか、美羽子の両膝の裏をかかえ、大きく開かせた。

「わかった。奥まであげるから、そんなに焦るな」

「駿斗さっ……ああぁっ！」

思わず彼の両腕に手を置くと身体が安定する。

ここぞとばかりに身体を揺らされ、さらに剛強が突き上がってきて熱を帯びた膣壁がぐじゅぐじゅに乱された。

「ああっ！　あぁっ！　ダメッ、はやとさぁ……ぁぁ！」

「すごく感じてくれてる。嬉しいよ、美羽子は本当にかわいいね」

「ンッ、ん、そんな、こと、ばっかり言ってぇ……ああンッ、ダメ、そんな、にっ……！」

力強い突き上げに頭がぼんやりしてくる。大きく両脚を広げられているせいか、身体の中心を猛る熱杭に穿たれて全身に快感が響いてくる。

この快感をくれているのは、駿斗だ。

彼が感じさせてくれている、そして美羽子を感じてくれている。

そう思うだけで嬉しくて堪らない。愉悦が大きく大きくふくらんで、どこまで大きくなってしまうのかと怖いくらい。

「すごく締めてくるね。気持ちイイの？　教えてくれる？　美羽子」

「ああっ、ハァ……きもち、い……イイっ、あぁぁ」

感じたままを言葉にするが、快感のせいでなにを口走っているのか考えられない。

「俺も気持ちイイ。おそろいだ、嬉しいよ」

「ぁうん、わたし、も……嬉し……あぁぁん」

「じゃあ、次は一緒にイこうか」

そのままの体勢で、駿斗がゆっくりと美羽子の背中を床に倒す。湯から足を出して床につくと、何度も激しく腰を突き上げた。

「ああぁ！　はやと、さっ……！」

かかえられていた脚から手が離されるが、脚に力なんて入らない。大きく開いたままだらりと伸び、突き上げられるたび人形のように揺さぶられた。

彼の手が両乳房を鷲掴みにし、がむしゃらに揉みしだく。

少し乱暴な愛撫でさえ快感としか捉えられなくなった身体が、限界まで上り詰めて……弾けた。

「やぁぁぁん……イく、もぉダメェっ、イくぅ――――!!」

「美羽子っ……！」

背中が大きく反ろうと力がこもるが、同じく達した駿斗に胸を強く押さえられているので身動きが取れない。全身から熱が噴き出し、このまま溶けてしまいそうになる。

(駿斗さ……ん――)

まるでフラッシュをたかれたかのように、目の前で白い光が瞬く。

そのなかに、優しく微笑む駿斗が見えた――。

テラスのジェットバスで盛り上がってしまい、――絶頂の果てに失神してしまった。

意識が戻ったとき、美羽子はベッドの中にいた。

おそらく駿斗が運んでくれたのだろう。水着は脱がせてくれたようで、全裸で彼の腕に抱かれていたのだ。

「よかった、起きてくれた。イきっぷりが派手だったから、明日の朝まで目を覚まさないんじゃないかと思った」

駿斗に楽しげにそう言われ、改めて先ほどの自分がじわじわと恥ずかしくなる。感じすぎてなにがなんだかわからなくなったにしろ、とんでもない痴態をさらしてしまったのではないだろうか。

「別に朝まで寝ていても問題はないけど。どうせ泊まっていくつもりだし」

「……平日ですよ。明日も仕事です」

「問題ない。ここから出勤すればいい。着替えならホテルで調達できるし、どうしても家に戻りたいならちょっと早くホテルを出ればいい。もちろん俺が送るから、安心して。その場合は早めにホテルを出なくちゃならないから、モーニングは違うホテルで一緒にとろう。今話題のモーニングを提供してくれるホテルがあるんだ」

プランの提案がやけにスムーズだ。もしかしてデートの計画を立てたときにそこまで考えていたのだろうか。

「私、どれだけ寝ていたんでしょう？　そんなお手間を取らせるのも申し訳ないですし、すぐに帰っても……」

「それほど長くない。大丈夫。三十分くらいだ。ところで美羽子は、俺を、ひとりでスイートに泊まってひとりでスイート用モーニングを食べる哀れな男にしたいのか。帰るなんて絶対に駄目っ」

ギュッと抱き寄せられたはいいが、ついおかしくなってプッと噴き出してしまった。

スイートルームのおひとり様を想像したからではなく、「絶対に駄目っ」と言った口調が、まるで子どもが駄々をこねているように聞こえたからだ。

「なに笑ってる？」

「なんか駿斗さん、子どもみたい」

「そんなのっ、せっかく楽しい時間を過ごしているのに、好きなものをなくしたくないのは大人も子どもも同じだろう」

「そうですね」

自然に返事をして抱きつくものの、実際はドキッとした。「好きなものをなくしたくない」なんて言葉を使うから……。

この場合の「好きな」とは、楽しい時間を一緒に過ごせる相手のことだ。子どもがお気に入りのオモチャで楽しい時間を過ごすのと同じ意味だろう。

それでも、子どものように我が儘な態度を取る駿斗なんて、貴重なものを見てしまった。おかしくて噴き出したのは、愛しさが湧き上がったせいもある。

かわいい……なんて、思ってしまったから。

普段は大人で紳士な彼が見せた、かわいい我が儘。その中心に自分がいるなんて、信じられない。

「スイート用のモーニングって、普通のモーニングと違うんですか？」

「ん？　ああ、このホテルは部屋にセットしてくれるんだ。コース式の朝食だそうだ。バトラーサービス付きで提供される」

「朝から豪華というか、贅沢ですね。バトラーサービス付きって、なんだか……大げさなような……」

お嬢様かお姫様みたい。――そんな言葉が出そうになった。

けれど、自分のガラで口にする言葉ではない気がして、とっさに「大げさ」と言い換えてしまったのだ。

「このホテルのコンセプトが、『キング&クイーン』のくつろぎを、だから大げさではなく普通なんだ。一応選択式だけど、美羽子はお姫様扱いされるべきだから当然セットした」

「そんな……」

どう反応すればいいだろう。「なに言ってるんですか」と面白い冗談を聞いたとばかりに笑えばいいのだろうが、できない。

美羽子は駿斗に弱みを見せてしまっている。幼いころにお姫様に憧れたこと、かわいいものが本当は大好きなこと。――かわいい女性になりたくて頑張ったのに、まったく違う方向にいってしまったこと。

それを知っているから、いろいろと気を使ってくれているのではないのか。

「……楽しみです」

「俺も楽しみだ。早めに用意してもらうから、ゆっくりモーニングを楽しもう。明日の仕事は張りきれそうだ。張りきりすぎて秘書に心配されるかもしれない」

駿斗が嬉しそうに美羽子を抱きしめる。

はしゃぐ声に胸がきゅんっと跳ねた。

「ノー残業デー、最高だな。これから水曜日はお泊まりデートの日にしよう」

「これからって、毎週こんな贅沢できませんっ」

「俺がかわいい美羽子を感じるためなんだから、問題ない。もちろん、緊急の仕事が入ったり体調の問題があったりするときはナシということで」

これは、この先もこういった関係を続けていくという約束のようなものだ。

いいのだろうか。最初は、ハジメテの人になってもらうだけのはずだったのに。

気持ちが揺らぐ。

(今は、彼に特定の女性はいないみたい。それなら――)

これからも駿斗とこうして過ごせるという安心感と彼の腕に抱かれていたいという我が儘に、負けてしまった。

「私も……張りきってしまいそうです。張りきりすぎて、また『鉄も熔けるほどの仕事への情熱』なんて言われてもっと〝鋼鉄の女〟に近づくかも」

「美羽子を溶かしているのは、俺だけだと思う」

チュッと頭にキスをされる。

駿斗の言葉は間違いじゃない。——きっとこの先、心も身体も蕩かしてくれたのは駿斗だけになるだろう。

「美羽子はさ、ほんっと、もうムチャクチャしたくなるほどかわいい反応ばかりするし、なんていうか、かわいすぎるんだよ。どうしよう、こんなのズルいだろう。そうだ、ズルいんだ、かわいい人だっていうのはわかっていたけど、普段そんな様子を見せないから、予想外すぎるほどかわいすぎておかしくなる。まったく、どうしてくれるんだっ」

美羽子を抱きしめたまま、駿斗がじれったそうに身体を左右にひねる。責められているような、褒められているような。嬉しいというか照れくさい。

これは肌を重ねているときのことを言っているのだろう。かわいい反応とやわらかく表現してくれているが、美羽子が覚えている限りかわいいというよりいやらしい反応ばかりをしている。

それこそ、痴態をさらして恥ずかしいと感じたばかりだったというのに。

「駿斗さん、……ごめんなさい」

「なにが？」

「わたし……すごく恥ずかしい反応ばかりして……、恥ずかしいことばっかり言っていた……、すごく、いやらしいことばかり……」

口に出していると、自分の痴態が思いだされてくる。

快感に溺れて、わけがわからなくなって、身体が求めるままに駿斗を欲して、感じるままを口にして……。

顔が熱くなってきた。記憶に新しすぎるジェットバスでのことが頭をめぐって、身体まで火照ってくる。そんな肌を、大きな手が優しく撫でる。

「恥ずかしくなんかない。とても素直に反応してくれて、自分がどうなっているのか、してほしいことを教えてくれた。とてもかわいらしくて……、俺は……」

肌を撫でる手に熱がこもる。ハッとして顔を向けると、艶やかな眼差しと視線が絡む。

「また……そんな目で見る」

「美羽子を見ていると、自然とこうなる」

「私……そんなに、いやらしいの？」

意識したことはない。あからさまな性欲なんて、駿斗に抱かれるまで感じたことはなかったのではないか。

「違うよ」

悩ましく熱い手が腰を撫で上げる。火照った肌がゾクッと粟立つ。

「美羽子は、かわいいんだ。堪らなく。それだから俺は、見境なく君に発情する」

発情とは。また俗物的な言葉を使う。上品な言葉ではないのに、美羽子の官能を掻き混ぜようとする。

「美羽子」

自然と唇が重なった。ちゅうっと吸いつき合い、視線を絡めながら唇を離す。

艶やかな眼差し。とても綺麗で、煽情的で。

──心臓が壊れそうなくらい、ドキドキする。

もしかして、また淫らに蕩かされてしまうのだろうか。そんな予感に身体が熱くなり、腰の奥が重くなった。

しかし駿斗はふっと微笑むと、腕を伸ばして大きな枕の下から自分のスマホを取り出したのだ。

「美羽子が寝ているあいだに確認していたんだ。一緒に行きたい場所があって」

「行きたい場所?」

「うん、昼間のデート」

「デート？」

ちょっと慌てた声が出てしまった。

昼間のデートというと、やはり映画にいくとかランチにいくとか買い物にいくとか展示会を観にいくとか、だろうか。

普通のデートっぽくてドキドキするし、憧れもある。

けれど、大きな問題があるのではないか。

都内でそんなデートをしていて、会社関係の人間に見られでもしたら……。

「待って、駿斗さん、昼間は……」

「ほら、これ」

美羽子とは対照的に、駿斗はのんびりしている。スマホに表示させたものをご機嫌な笑顔で見せてきた。

目に入ってきた施設の公式サイトを見て、美羽子は目をぱちくりとさせる。

近隣県で人気の「海・島・生きもの」のテーマパークだ。

海の動物たちのショーはもとよりアトラクションなどもあって、一日中楽しめる海洋レジャー施設である。

「水族館とか動物園とか好きだって言っていただろう。美羽子お気に入りのペンギンやイルカもいるし、ショーやふれあいパフォーマンスもある。そうだ、シロイルカのぬいぐるみを買ってあげる。抱き枕になる大きいのがあるらしい。……ん？　でも、美羽子に抱っこされて寝るなんて、なんという贅沢、それは許せない。やっぱり飾れる程度の大きさにしよう」

「なんだか、焼きもちを焼いてるみたいに聞こえますよ」

「焼いてるよ。美羽子に抱かれて眠るなんて、ぬいぐるみでも許さない」

フンッと意気ごむ駿斗を見ていると、おかしくて笑ってしまう。

スマホを受け取ってスクロールしながらイベントスケジュールなどを見ていると、だんだん気持ちが盛り上がってきた。

「嬉しい……。こういう施設ってひとりで行きづらいし、こういう場所できゃっきゃするキャラじゃないって思われていたから、友だちとも行ったことがなくて……」

「ないの？　一回も？」

「あ……、子どものころに一度だけ……。でも、本当にそれっきりで……。出張でこの近辺には行くこともあるけれど、まさかついでに寄っていくなんてできるわけもないし」

「俺が一緒なら絶対に寄っていくのに。ひとりが無理なら同行者がいるときや、仕事のあとならいいんじゃないのか？」

「同行者……たいてい課長か鹿原先生ですよ？」

「鹿原先生は駄目っ。どうして出張に鹿原先生なんだ」

「顧問ですから」

駿斗が言葉に詰まる。こんな微妙な顔で困る彼はレアかもしれない。

「駿斗さんは……」

——焼きもち焼きさんですね。

そう言いかけて、やめる。

自惚れかもしれないと思ったからだ。

駿斗は、基本的に優しくて気遣いができる。誰にでも。——どんな、女性にも。

「やっぱり、計画が密な人ですね。仕事だけじゃない、プライベートも。食事からプールから部屋の手配まで、なにひとつ行動の流れに無駄がない」

なにも言わないのは不自然に思え、褒め言葉で場をしのぐ。成功したようで駿斗の表情が明るくなった。

「美羽子に褒められると、嬉しくなるな」

「この帰りにでも、ベイサイドエリアで食事をしませんか？　仕事で行ったときに取引先担当の〝女性〟とスペイン料理のお店で食事をしたんです」

「スペイン料理か、いいな。店は、担当の〝女性〟が教えてくれたのか？」

「はい、海沿いのテラス席が最高でした」

「ぜひ行こう」

すっかり機嫌が戻った。

ひとりで行った出張で、海洋レジャー施設に後ろ髪をひかれつつ担当者と食べたスペイン料理を、覚えていてよかった。

昼間のデートと聞いて躊躇したものの、これならのびのびと楽しめそうだ。もしかして、駿斗も同じことを考えて遠出のプランにしてくれたのだろうか。

「週末が楽しみだ。それを考えると、こう、熱が滾ってくる。よし風呂に入ろう、美羽子」

「お風呂ですか？」

「一度サッパリしてからシャンパンを開けよう。リビングに用意されている銘柄がなかなかいいものだった。俺は浴室の湯を見てくるから、待っていてくれ」

嬉々としてベッドを下り、駿斗がベッドルームを出ていく。全裸のままを気にする様子もなかったので、どれだけ気持ちが盛り上がっているのだろう。

週末を一緒に過ごしたときは、ベッドを出て移動する際にバスローブやワイシャツを羽織っていた。本当に気持ちが盛り上がっているだけなのか、もう身体の隅々まで見せているのだから、美羽子には気を使う必要がなくなったと思っているのか……。

(身体を見慣れるとか……恋人とか夫婦みたい)

何気なく考えてしまい、ぼっと顔が熱くなる。恋人だの夫婦だの、そんな単語を使っていい関係ではないのに。

(単に、ハジメテの相手になってくれただけで……)

それでも、こうして誘ってくれて、求めてくれるのは……嬉しい。

嬉しいなんて、思ってはいけないのかもしれないけれど……。

「ひゃっ」

いきなり手の中のスマホが振動する。

まったく予想していなかったせいか、不意におかしな声が出てスマホを落としそうになってしまった。

着信だ。消音になっていて細かい振動が続いている。

「駿斗さんに届けたほうが……」

ベッドから下りかけるものの、全裸で彼のもとへ駆けつける勇気はない。どうしようかと考えながら、ふと視線がスマホの着信通知を捉える。

目も身体も動かなくなった。

そのうちに着信音はやみ、今まで見ていた海の生き物たちだけになる。

それでも美羽子は動けないまま。
着信通知には相手の名前が表示されていた。
【しずかさん】
女性の名前だったのだ。

第四章　やわらかな優しい鉄

駿斗にハジメテの相手になってもらってから、約一ヶ月。

梅雨入りの気配を感じる六月、初夏のころ。彼との身体の関係は、今も続いていた。

水曜日のノー残業デーはお泊まりデート。

土日の休日は昼間のデートからのお泊まり。

昼間のデートは、美羽子が「誰かに見られたら」と気にしているのを駿斗が察して、毎回遠出をする。

正直、こんなに長く彼との関係が続くとは思っていなかった。

よほど美羽子の身体を気に入ったのか、それとも、同期としてお互いを知っているぶん気が楽なのか、駿斗がこの関係を終わらせようとする気配はない。

本当はいけないことでも、駿斗との関係が続いているのは美羽子も嬉しい。なんといっても生まれて初めて恋心を感じた相手だし、同期としてつきあえなくなってからもずっと彼への想いをこじらせてきた。

それと、……駿斗はとんでもなく優しい。美羽子に対する扱いが紳士的で、とても大切にしてくれる。——まるで、お姫様のように。

駿斗と一緒にいると、自分が女性なのだと意識できる。かわいいものが好きで、子どものころからかわいい女性になりたいと思い続けていた自分をかくさなくてもいい。

そんな環境が心地よくて、楽しくて、美羽子は離れられなくなっている自分を感じる。

でも、勘違いをしてはいけないことがある。ふたりは恋人などの特別な関係ではなく、一緒にいるのが心地よいだけの大人の関係、ということだ。

それは美羽子も理解している。ハジメテの相手になってもらったときから、それでもいいと自分で納得している。

相変わらず駿斗には、懇意にしている企業の令嬢などとの噂話が絶えない。広報部の情報通と親しいおかげで、そういった話は聞きたくなくても耳に入る。

割りきった大人の関係。

それでもいいから駿斗と過ごしたい。

かわいいお嫁さんを目指していたころの自分が聞いたら、大泣きして寝こみそうな関係だ。

なので、駿斗に特別な女性ができるまでだと、自分を騙(だま)す。

彼は立場的にも、いつかはしかるべき相手と結婚しなければならない人だ。

だから、それまで……。

「お疲れ様です、主任」

そのときこのオフィスで聞こえるはずのない声が耳に入り、手が止まる。

就業時間内なのだから人の声があっても不思議ではないのだが、会社ではもう会わないはずの人の声だった。

顔を向ければ、デスクの横には香苗が立っている。切り分けたロールケーキを置いた彼女は困った顔で短い息を吐いた。

「ほら、顔を出しなさい。言いたいことがあるんでしょう」

誰に言っているのかと思えば、香苗の陰からおずおずと顔が出てきた。

——美夕だ。

「美夕ちゃん……。お久しぶり、どうしたの？」

寿退社すると辞めてから一ヶ月半がたつ。

前に一度、バームクーヘンを手土産に忘れ物を取りにきていたらしいのだが、そのときは会えなかった。

上司が男っ気のない、結婚に否定的なアイアンレディなので、寿退社をするなんて睨まれるだけ。だから結婚の報告もできなかったのだろう……などという噂話が耳に入り、あのときはずいぶんと落ちこんだ。

ただ、それも駿斗と肌を重ねるきっかけのひとつになったのだが……。

毛先を巻いたふわふわのロングヘアで、小柄で細身なのに目が大きい。人懐っこくて仔犬のような雰囲気がある。

披露宴の招待状でも届けばもう一度会えるかくらいにしか思っていなかったので、顔を見た瞬間に意外そうな声が出てしまった。

だが次の瞬間、声にやわらかさがないと気づき、トーンを変えてなだめるように問いかけた。怒っていると受け取られかねないからだ。

なんといっても美夕は、電撃退社でほぼ挨拶もなく辞めてしまった。翌日に大量のお菓子が熨斗付きで届いたのも、寿退社二週間後に「忘れ物があって」と知らないうちに訪れたのも、直属の上司だった美羽子や課員が怒っていないかを気にしていたからだろう。

今になってまた顔を出したということは、気まずい思いをしてもこなくてはいけない理由があったのだ。

もしかしたら挙式の時期が決まったから、披露宴に参加してもらえるか直接聞きにきたという可能性だってある。それなら言いやすいように、気まずさを払拭してあげなくては。

「元気だった？　いろいろ準備とか大変だろうけど、大事な局面で体調不良にならないように気をつけてね」

微笑んでおだやかに話した効果か、美夕の警戒が少し解けたようだ。

香苗のうしろから姿を出し、ぺこりと頭を下げた。

「ありがとうございます。あの……主任もお元気そうで……」

「ええ、元気だよ。あっ、もしかしてこのロールケーキは美夕ちゃんのお土産かな」

「はい……、そうです、あの……」

「ありがとう、ちょうど甘いものが欲しいところだったんだ。最高のタイミングだよ」

「それは……、よかったです、はい……」

どうも美夕の様子がおかしい。まだ怒られるかもと警戒しているのだろうか。警戒というよりは、なにか言いたくて言い出せないようにも見える。

香苗を見ると、困ったような笑みを浮かべて軽く肩をすくめる。おそらく美夕は先に香苗に声をかけ、一緒に美羽子に会いにいってくれないかと頼んだのだろう。香苗がなにかをうながすように美夕の背中をポンっと叩いた。

「主任、仕事の……あたしが最後にやってた案件なんですけど、ちゃんとやっていなくて、すみません、それで、あの……土門君のお父さんがここに来たって、こないだ聞いて……主任、大丈夫でした……か？」

前回美夕がきたのは、同期の土門啓次の父親がこのオフィスに乗りこんできた日だった。あのときは香苗からそのことを聞いて、びっくりして帰ったらしい。

美夕が最後にやっていたのは、その社内ストーカー案件にかかわるものだ。ちゃんとやっていなくて、というのは引継ぎのことだろうか。

目立って仕事が早いわけではなかったが、そのぶんじっくりと間違いがないように作業を進めるタイプだった。最後に仕事の引継ぎに時間を取らなかったことを、本人なりに気にしているのかもしれない。

電撃退社には驚かされたし、本来あまりいい辞めかたとはいえない。それでも基本的には真面目なのだ。自分がやっていた仕事を気にして、気まずい思いをするのを覚悟で顔を出しにきたのだから。

「警備の人がすぐにきてくれたからなにごともなかった。すごく怒ってたけど、弁護士の先生に言ってくださいって伝えたわ。仕事のこともそんなに気にしなくて大丈夫。美夕ちゃんが最後にかかわっていた案件は無事に顧問に引き継がれたんだから。こちらの手を離れているし、そのタイミングで美夕ちゃんは退職しているんだから、おかしな言いかただけどタイミング的にはよかったんだよ」

「土門君の事件、ちゃんと解決したんでしょうか？　立花さんは、本当に訴えを起こしたんですか？　土門君は今でも謹慎処分のままなんですか？　土門君のお父さんはなにを言いにきたんですか？　先生に案件が移って、そのあとは……！」

聞きたかったことが一気に出てきたようで、美夕は早口でまくしたてる。必死さがにじみ出ていて、美羽子だけではなく付き添っていた香苗でさえ呆気に取られたほどだ。

そこまで顛末が気になっていたのだろうか。気まずさを押しきってここまできたのは、最終的な結果を確認できないまま退職してしまったからなのか。

仕事に対して責任感が強いのはいいことだ。しかし……。

「美夕ちゃん」

椅子を回して彼女としっかり向き合い、美羽子は言い聞かせるように言葉を出す。

「気になるのはわかるけど、今のあなたに、それを教えてあげることはできない。わかるでしょう？」

仮にも一年、法務部に所属したのだ。わからないはずがない。調査内容もそうだが、案件の進行状況も守秘義務の一環である。

気やすく口にすることなどできない。顧問弁護士に扱いが移ったということは、こちらの手を離れて正式に法的処置に入るという意味。なおさら、部外者に現在進行形の案件の詳細を話すわけにはいかない。

離職した今、美夕は部外者なのだ。

美夕もその意味に気づいたのか、口を半開きにしたまま、まだなにかを言いたそうに黙る。

または、わかっていて、それでも気になって聞かずにはいられなかったのかもしれない。

「鹿原先生が対応してくださっているんだから、心配しないで。それより、美夕ちゃんには気にしなくちゃいけないことがたくさんあって、忙しいんじゃないの？」

美羽子の言葉を受けて、香苗が肘で美夕をつついた。

「ほら、だからよけいなことを聞かないほうがいいよって言ったでしょう。そんなことはもう君が気にすることじゃないんだから」

「……はい」

どうやら美羽子に聞く前に香苗にも聞いていたようだ。しかしやはり美羽子に尋ねたほうが確実だと感じたのだろう。

離職してまで気にするのは、加害者の土門啓次も被害者の立花絵衣子も、美夕の同期だからかもしれない。

(同期か……)

美羽子が新人のとき、同期のメンバーは仲間意識が高くつきあいやすい人たちばかりだった。

美夕たちもそうだったのかもしれない。

その同期のふたりのあいだに問題が起こったのだから、特別に心配したり気になってしまうのは仕方ないだろう。

「私は立場上、なにも教えてあげられないけれど、立花さんとは今も仲がいいのかな？　ご本人に聞くっていう手もあるけれど、だいたいの決着がつくまで話題にはしないほうがいいかもしれない」

「……はい」

美夕はすっかりシュンとしてしまった。同期を心配するあまり、気まずさを覚悟でここまできたというのに。

少しでも元気を出してもらおうと、美羽子は彼女にとって今、一番幸せな話題を振ってみた。

「結婚準備は順調？　お式は挙げるの？」

「それは……」

なぜか慌てた美夕は、視線を下げてキョロキョロさせたあと、勢いをつけて美羽子を見る。

「しゅ、守秘義務、ですっ」

やり返されてしまった。

おめでたい話にこんな言葉を使われてしまうと、祝ってもらいたくないと言われているような気がしてくる。

　そこで香苗が口を挟んだ。

「言葉の使いかたが違うでしょ。なんなの、進んでないなら『あまり順調じゃないです』って言えばいいだけなのに。結婚準備はいろいろあるんだから、スムーズにいかなくたって恥ずかしくないよっ」

「はい……、すみません」

　なるほど、なにか準備でつまずいているのかもしれない。美夕にとって香苗は既婚者の先輩だ。だからか、態度も素直である。

〝鉄の女〟が上司では結婚報告もしづらい。聞いた話が本当なのかどうかは知らないが、幸せで嬉しい話を口にできないのは気の毒だ。美羽子は美夕が不安にならないよう、口調をやわらかく保つ。

「なにか決まったら教えてね。それと、改めて結婚おめでとう」

　目を大きく見開いた美夕の表情に焦りが走ったように見えたが、すぐにふっと表情をゆるめる。

「ありがとうございます……」

　ぎこちないながら、やっと笑顔になった。美羽子がにっこりとした笑顔を見せると、さらに安心したのか香苗の前に出て近づいてくる。

遠慮がちに美羽子の顔をじっと見た。

「あの……いきなりですみません。お久しぶりだから『あれ？』と思ったんですけど、……主任、コスメ変えたんですか？」

「コスメ？　どうして？」

本当にいきなりの質問だ。なにが気になったのだろう。

メイクにはそんなに時間をかけるほうではなくとも、それなりに気を使っている。しかし特に化粧品やメイクを変えてはいない。

「今のコスメ、すごくいいです。お顔がすごく優しげで明るく見えて。アレです〝モテ顔メイク〟っていうやつ」

「モテ……」

なんだろう、その雑誌のキャッチで見るような単語は。

いまいち理解しきれない美羽子を援護して、香苗が口を出す。

「なに言ってんの。主任はね、コスメなんか変えなくたって十分に美人だから、〝モテ顔〟なんて意識したことはないんだよ」

「そうなんですか？　でもなんか雰囲気が……」

「美人は自然と人を惹きつけるフェロモンを出しているものなんだよ。美夕ちゃんはしばらく主任に会っていなかったから、耐性が薄れてこの美人顔に惹かれちゃってるの。ねっ、主任っ」

「美人って部分はさておき、コスメもメイクも変えてないかな」

話を振られたので笑顔で返す。

すると香苗は腕を組んで、やれやれと首を左右に振った。

「相変わらずの、無自覚美人さんだよねぇ。でも……雰囲気がやわらかくなったのは実際あると思いますよ。主任のことだから、そういう印象も与えられるようにと勉強して、対人スキルを上げたのかなって思っていました。なんか、たまにちょっと『かわいいな～』って顔しますよね」

「そう？　かわいい？　やだ、そんなこと言われたの幼稚園以来かも。もっと言って」

「しゅにんっ」

おどけてみせたおかげで場がなごみ、三人そろってアハハと笑う。笑ってはいるが、美羽子は心の裡で動揺していた。

顔が優しげだの雰囲気がやわらかいだの「かわいいな～」と思われる顔をするだの、社内では初めて言われることばかりだ。

駿斗と一緒にいると、照れくさくなってしまうほどの「かわいい」を連発される。さすがにそれには耐性がついてきたものの、社内で、また同性に言われるのは予想外すぎて平静を装うのに必死だった。

「なにかいいことでもあったのかなって思っちゃいました。ドキドキするようなこと。主任のそういうの、聞いてみたいです」

美夕の言葉で、ハッと思い立つ。

(ドキドキ?)

原因に心当たりがありすぎる。

――駿斗と、過ごすようになったからではないだろうか……。

恋をすると、女の子はどんどんかわいくなる。

そんなフレーズを覚えたのは、小中学校時代に読んだ少女漫画でだった。

実際、恋に一生懸命になっている友だちは女の子っぽくてかわいかった。顔がかわいいというか、性格、雰囲気がかわいいのだ。

大人になってからも、いい恋愛をしている女性は輝いて見える。

この年になって恋愛脳なんて笑われるかもしれないし、「痛い人」なのかもしれないが、それでもやはり、素敵な恋心は自分を変えてくれるのだと思う。

なんといっても美羽子自身がそれを実感している。雰囲気が変わったとも言われてしまった。

こんなことで喜ぶのは、らしくない。わかっている。

けれど、どこか誇らしい気持ちになるのも確か。

駿斗を好きだという気持ちを持ち続けたことで、抱かれる快感を知り、女性扱いされることでやわらかく女性らしく変われているなら、とても素敵なことではないか。

心が浮き立つ。本当にらしくないと思いつつ、そんな、らしくない自分が嬉しくもあるのだ。

照れくさいけれど、同僚にこんなことを言われたんだよと駿斗に教えたい。そうしたらどんな反応が返ってくるだろう。

今日は水曜日。本当ならノー残業デーで駿斗とのデートにあてられる日だったのだが、駿斗のほうに取引先との仕事が入ってしまいキャンセルとなった。

デートは週末までお預けである。今度会ったときにでも、何気なく言ってみようかと思っている。

「ところで、女史の初恋って、いつでしたか？」

そんな質問をされたのは、帰社途中の車の中だった。

同じ質問をされたことがある。初めて駿斗と水曜日のデートをした日の出来事だったせいか、記憶が鮮明だ。

「その質問、二度目ですよ。以前聞いたのを覚えていますか？」

美羽子の言葉に、運転席でハンドルを握る鹿原は眉をひそめて考える。しかしすぐに思いだしてアハハと軽く笑った。

「そういえばそうだった。先月でしたよね。社長に怒られたんだった。こんなこと聞いたら、また怒られるかな」

あのとき駿斗が注意をしたのは、初恋の話を聞いたからではなく公判の傍聴に誘ったからだ。業務に関係のない誘いは控えてくれという意味だと捉えればそのとおりなのだが、……駿斗の個人的感情もこめられている。

「でも、今は社長に聞かれる心配もないし、答えてもらえるかな、と思いまして」

鹿原もくじけない人だ。今度は美羽子がクスッと笑ってしまった。

今日は朝から鹿原と一緒に地方の支社の法務部へ行っていた。すでに夕刻で、帰社の途中である。

訪問は調査のためだったのだが、てこずるようなら泊まりになる予定だったのだ。

支社の法務担当者や鹿原はそのつもりだったらしく、Ａ５等級の格付けを超えたといわれる

「最飛(さいと)び牛」を提供してくれるお店に行こうと盛り上がっていた。

しかし、美羽子が怒涛(どとう)の勢いで仕事を片づけたため……日帰りになってしまったのである。

「今からなら終業時間に間に合いますね」と言ったときの鹿原と担当者の微妙な表情といったら……。

仕方がないのだ。同行者が鹿原なのだから、泊まりになるわけにはいかない。——駿斗が、焼きもちを焼いてしまう。

（ちょっと……申し訳なかったかな）

そんな気持ちが、鹿原の話題につきあわせた。

「今回は、なにが理由でそんなことを聞きたくなったんですか？　以前は……傍聴した公判のせいでしたよね」

美羽子が話に乗ったせいなのか、心なしか鹿原が背筋を伸ばし喉を鳴らして声を整える。

「今回は女史にも興味を持ってもらえると思いますよ。土門啓次に関する話ですから」

「えっ？」

美羽子の反応に手ごたえを感じたのか、鹿原は前を向いたまま、うんうんとうなずいていた。

土門啓次は社内ストーカー問題を起こして一ヶ月半ほど前に処分を受けた。

調査段階では謹慎だったが、その後、被害者の立花絵衣子が鹿原を通して正式に訴えを起こしたため、解雇処分になった。

完全に鹿原の扱い案件になっているため、その後の経過を知らない。コンプライアンス課としてやるべき仕事は終わっているし、情報資料を渡して案件は手を離れている。

「課の取り扱いから離れた案件ですよ。その後の調査内容なんか世間話にしてしまっていいんですか？」

いいはずがない。わざとからかう口調で言ってみる。このくらいでひるむ人ではないのもわかっているし、思ったとおりアハハと笑われた。

「いやいや、でもね、社内調査をお願いしなくちゃならない可能性が高くなってきましてね。ちょっとかわいい初恋のお話があるんで、聞いてください」

「かわいい初恋の話？」

どちらかといえば、社内調査、のほうに喰いつくべきだった。聞きたがる話の優先順位を不審に思われるのではと構えるが、鹿原はまったく意に介さずに話し出した。

「土門啓次なんですが、どうも被害者の立花絵衣子とは入社して初めて会ったわけではないようでして」

「ふたりは同期ですから……、そういえば地元が近いんでしたっけ？　それなら、学生時代に顔見知りだったということですか？」

社内ストーカートラブルの概要が頭をめぐる。

土門啓次が執拗に立花絵衣子につきまとい続けたのだ。入社当時は普通に接していたのが、あるときから急に、まるで恋人のように振る舞い、「結婚の約束をしている」と言い出しはじめた。立花絵衣子の同僚や男の先輩を威嚇し、やめてくれと泣いて頼む彼女に、さらに執拗につきまとった。

怖くて出社できなくなった彼女のアパートへ押しかけ、出てこなければチャイムを押し続ける。通報されてやってきた警官に、立花絵衣子はつきまとわれているという事情を話したものの、当事者同士の話し合いを提案されるだけ。

そこでやっと、美羽子に相談が持ちこまれた。入社時に、社長が「困ったことがあったら、コンプライアンス課の主任に相談してみるといい」と誇らしげに言っていたのを思いだし、まさしく藁をもすがる気持ちで法務部へ足を運んだのだ。

背後を気にするおびえた仕草、顔色は蒼白で常に眼球が動いている。危険だと感じた美羽子はコンプライアンス課内ではなく別の場所に設けられた個室へ移動し、そこでゆっくりと話を聞いた。

警察でさえ当事者同士の話し合いを勧め、あてにはならない。土門はなにか犯罪を犯したわけではないし、会社のコンプラに相談したって解決できるはずはないと思っていた絵衣子だが、その思いは美羽子のひとことで変わる。

『社内の秩序や社員の心を乱し、業務に支障をきたして、結果的に会社の不利益へ繋がる可能性があるのなら、私たちは社のコンプライアンスマニュアルに則って、その原因を究明し解決にあたります。法令厳守だけがコンプライアンスではありません。あなたが目に見えておびえているその理由を、話してくれますか？　もちろん秘密は厳守いたします』

緊張の糸が切れたのだろう。座っていた椅子からくずおれた彼女は、床に座りこみ、泣きじゃくりながらひたすら話し続けた。

なので美羽子も、床に座りこんで話を聞いたのだ。

「ですが、私がヒアリングをしたときには、学生時代から知っていたという話は出てきませんでしたよ。土門啓次にもヒアリングは行いましたが、入社してから好きになってエスカレートしたとしか」

「そうです。ふたりとも、入社して初めて会ったと思っていた。けれど違うんですよ。ふたりは幼稚園が一緒なんです」

「幼稚園、ですか？」

「そうです。結構仲よしだったみたいです。で、そのくらいの子どもが仲よしの異性と無責任にする約束って知っていますか？」

「一緒に遊ぼうね、とか？」

ハンドルを片手に、鹿原は左の人差し指を立て「チッチッチ」と言いながら左右に振る。

「『おおきくなったら、けっこんしようね』ですよ」

言葉が出なかった。そんな物語は読んだことがあるが、やはり現実にもあるものなのだ。幼い子どもなら意味もわからずしてしまいそうだ。

「立花絵衣子のほうはまったく覚えてはいません。幼稚園のころに仲よく遊んだ男の子がいた、というのも。彼女にとっては、たくさんいるお友だちのひとりにすぎなかったんでしょう。でも、土門啓次は違った」

「でも、土門啓次のほうも立花絵衣子を覚えてはいなかったんですよね？『入社して初めて会ったと思っていた』って先生が」

思わず口を出す。

なんだか胸がざわざわして、いやな予感がしてくる。

「そうです、ふたりとも知りませんでした。土門だけが、のちに知るんです。『初恋の女の子だったんだ』と」

「……初恋」

「それを意識してしまったらもう止まりません。目の前にいるのは、純粋な気持ちで大好きだった女の子、自分を純粋に好きだった女の子、結婚の約束をした女の子です。土門はかつて交際相手に手ひどい裏切りを受けて心を病んだ経験がある。初恋の思い出は美化されがちです。美化された初恋相手は〝自分のことが大好き〟なんですよ」

「ストーカー行為のきっかけはそれなんですか？　そんな話、こちらで調査したときにはありませんでしたよ」

「本人はストーカー行為だなんて思っていませんでしたからね。それに、馬鹿にされると思ったらしいです」

「馬鹿にって……、どんな話を聞いたって、そんなことしませんよ」

「女史にではありませんよ。土門に、立花絵衣子が幼稚園で仲がよかった女の子だと教えた人間に、です」

「教えた……？」

なにかが引っかかる。それを頭で整理しようとするのに、わざわざそんなことはしなくてもいいとやりたがらない自分が邪魔をする。

意味を理解してしまったら、つらくなる。そんな予感がするのだ。

「それじゃあ、私は車を置いてきます。せっかく戻ったんですから最終的なチェックだけやって帰りましょう。女史は先に行っていてください」

話が途中だったが、気がつけば車は本社ビルの前につけられている。せっかく戻った、という言葉に多少の申し訳なさを覚えながら先に車を降りた。

終業時間を少し過ぎているので、帰宅する社員がちらほらとビルから出てくる。

エントランスに足を踏み入れると、インフォメーションセンターで後片づけ中だった女性社員が駆け寄ってきた。

「鎧塚主任、お疲れ様です。お戻りになったんですね」

「戻れる時間があるうちに終わったので。今日も一日ありがとうございます、明日もよろしくお願いします」

「そ、そんな、とんでもないっ」

ねぎらってもらったのでねぎらい返しただけなのだが、女性は慌てて両手を振る。インフォメーションセンターは会社の窓口だ。来客はすべてここでチェックされるため、帰社するという話は通してあった。

インフォメーションセンター担当の女性は、言いづらそうに声を潜めた。

「実は、主任にお客様が……」

「お客様？　今日は面会のアポは入れていないけれど……。どちらの方？」

泊まりの出張にするつもりはなかったものの、本日中に早く戻れる可能性は低かった。社外のみならず社内相談のアポも入れてはいない。聞けば古くからの取引先を名乗った女性だという。

「戻られるにしても遅いでしょうし、何時になるかわからないとお話ししたのですが、それでもいいから待つとのことで。どういったご用件かお聞きしたのですが……、主任に会って話すの一点張りで……」

「そう……」

いつもはもっとシャキシャキとした話しかたをする人なのに、どうも歯切れが悪い。

その客人は東口のロビーにいると聞き、心配そうな顔をする彼女に見送られながら足を向けた。

会社にくるのだから仕事に関する話に決まっているが、現在取引先とのトラブルは発生していない。法務部自体に用があるというのならともかく、美羽子を指名しているのはなぜなのだろうか。

正面入口に比べて東口は小さな出入り口だ。人気のないこぢんまりとしたロビーに、女性がひとり座っているのが見えた。

スマホを見ていた女性は、足音に気づいて顔を上げる。

長いストレートヘアに、流行りのメイクの華やかな顔つき、きらきらと揺れるタッセルピアスや華奢（きゃしゃ）なブレスレット型の時計が女性らしく目を引く。

美羽子と同じくらいか、少し年下かという印象を受ける。

「おそれいります。Ｆ食品の降田（ふるた）様でいらっしゃいますか？」

口に出してハッとする。取引先がなんの用事かと思ったが、Ｆ食品といえばひと月ほど前に営業の酒野がアクセサリー自慢をして大顰蹙（だいひんしゅく）を買ったところだ。貴金属に詳しい社長令嬢に軽口を叩いて不信感を与え、あわや取引を縮小されるところだった。

あの一件から酒野は改心したし、上司と一緒に謝罪に行き事なきを得たはずだ。

降田、というのは社長の名前。この女性が降田と名乗ったということは……。

スマホを小さなバッグに入れて女性が立ち上がる。

「降田静華（しずか）です。正確にはＦ食品は父の会社で、わたしは従事しておりません。社名を出したほうがお会いしやすいかと思いまして」

「お嬢様でしたか。初めまして、弊社法務部コンプライアンス課主任の鎧塚と申します」

名刺を出そうと手を動かしながら、その声が震えそうになるのを抑えこむ。

（降田静華……、しずか……？）

ずっと気になっていながら考えないようにしていたことが、急に湧き上がってきた。

駿斗と夜を共にして、彼のスマホに入った着信を見てしまったことがある。

――【しずかさん】

表示されていた名前と同じだ……。

「名刺はいらないわ。目の前で破り捨てる失礼をしてしまいそうだから」

出しかけたところで止められる。

正直な申し出ではあるが、そのセリフ自体が失礼だ。

しかしその失礼のおかげでわかったことがある。彼女は、なにか不快を伴う理由で美羽子に会いにきたようだ。

考えていたとおり、その表情は忌々しげなものに変わった。

「コンプライアンス課の主任？　人の男を寝取っておいて、それも自社の社長を誘惑しておいて、なにがコンプラよ。笑っちゃう。会社に抗議したらあなたは職を追われるわね。父の会社としている取引もどうなるかしら」

寝取る、とは。またすごい言葉を使われてしまった。しかし彼女の言葉からやはり駿斗に関係した話なのだと悟る。誘惑と言ったからには、美羽子が色仕掛けで駿斗に手を出したと言いたいのだろう。

「駿斗さんはわたしと結婚するの。最近週末に連絡が取れないと思ったら、とんでもない女に引っかかっていてビックリ。モテる人なのはわかっていたけれど、誠実な人だから安心していたのに」

「結婚する、ということは、貴女（あなた）は婚約者でいらっしゃるんですね」

頭の中がぐちゃぐちゃしている。

でも、動揺する自分がいる一方、会社内ということもあるせいか、それとは別に冷静な自分もいた。

仕事での経験上、彼女の行動の意図を、正確に把握しておきたいと思ったのかもしれない。曖昧（あいまい）にしておいては駄目だ。

「そうよ、だから姑息（こそく）な手を使って駿斗さんを……」

「モテる人なのは知っている、ということは、数多（あまた）のご令嬢と噂になっているのもご存じなのですね」

「あれだけ素敵な人なんだから、モテるし、言い寄られているところを見られたら噂にもなるわ」

「誠実な人だから安心していた、ということは、そんな噂があっても噂と割りきり、おかしなことにはなっていないと確信があったということですよね。ではなぜ私のところへいらっしゃったのでしょう。私は噂になるような良家の子女ではありませんし、一介の社員です」

知り合いに会わないよう、駿斗はいつも気を使ってくれていた。彼のプランはいつも完璧で、水曜日のデートも週末のデートも、見知った顔に遭遇することはなかった。

それなのに、なぜこの女性はよりによって美羽子に目をつけたのだろう。

「その偉そうな口調、やめてくれない？　イライラするわ。なんだかわたしが尋問でもされているみたい」

本人が言うとおり苛ついた口調で文句を言いながら、静華はスマホを取り出して素早くタップしていく。

ついヒアリングをしているときのような口調になってしまった。文句を言おうとしている人間に、確認を求める口調は神経を逆撫でするらしい。

「ほら、これ」

勢いよく目の前にスマホを突きつけられて、わずかにのけぞる。それでも目はしっかりとディスプレイに引きつけられた。

「これ、駿斗さんとあなたでしょう」

そこに映し出されていたのはSNSの投稿だ。

「先月の目の保養！　美男美女なんですけど！　うらやま！　ラブラブじゃん！」というコメントとともに一枚の画像がアップされている。

東海岸リゾート風の背景、カップル席に座るスーツ姿の男女。テーブルにはかわいらしい苺のアフタヌーンティー。男性が苺を刺したフォークを女性の口元に向けている。

この背景にも席にもアフタヌーンティーにも、そしてこの状況にも覚えがある。……これは、鹿原が駿斗に注意を受けた日、ランチに連れていかれたビストロではないか。

そしてこれは駿斗と美羽子だ。「あーん」と苺を食べさせられるという刺激的なイベントが勃発した瞬間だ。

「妹の投稿をチェックしてたら、とんでもないものを見つけたってところ。男性のほうは間違いなく駿斗さんだし、女のほうもすぐにわかった」

せめて顔をかくして投稿してくれればいいものを。落書き機能を使って目に一本横線を引いているだけだ。これでは顔を知っている者ならすぐにわかってしまう。

「問い詰めたら、あいつ……これが駿斗さんだとわかっていたくせに、直接報告しないでSNSにわざとらしくあげてたのよ。わたしがチェックしてるのを知ってたくせに。『あれれ〜、ちょっと似てるなと思ってたら、やっぱりこれってオネエサマの男なのぉ？　オネエサマというものがありながら、まさかそんなはずないよねと思って言わなかったんだけどぉ』とか言って……。腹立たしいったらないわっ」

どうやら姉妹仲はよろしくないらしい。

妹なら駿斗の顔は知っているだろうし、姉に嫌がらせをしたくてSNSを使ったというところだろうか。

だが、なぜこれが美羽子だとわかったのだろう。

「降田様とは初対面ですが、なぜこれが私だと？」

「ここの営業に酒野っていう男の社員がいるでしょう。その人が謝りにきたとき、あなたと一緒に撮った写真を見せてくれたの。『この人のおかげで改心できたんです』って、すっごくありがたがってた」

（さ　か　のぉぉぉ！！！！）

薄く微笑みつつ、美羽子は心の裡で絶叫する。

そうだ。土門啓次の父親に乗りこまれたとき、酒野は美羽子の態度に妙に感動していた。まるでヒーローショーを観にきた子どものようにはしゃいで、美羽子の隣に立って写真を撮ったのだ。

一緒に写真を撮りたいのなら、「撮っていいですか」とひとことあるべきだ。SNSにあげようとした彼に肖像権について説明と注意をしたところ、激しく落ちこんでしまった。

泣きそうな顔で「消さなきゃ駄目ですか……」と情けない声を出す。SNSにはあげないことと、気が済んだら消すように言ってその場は許したのだ。

それをまさか静華に見せていたとは。

「チラッと見せられた写真の顔を、よく覚えていましたね。妹さんの投稿では目をかくしてあるのに」

とはいえ、肖像権を盾に法的に物申せば、受理されるレベルの雑な加工だ。人物の特定は難しくない。

この〝いかにも〟な投稿画像を見て、静華は駿斗が相手の女と親密な関係にあると考えたようだ。写真が撮られたのは一ヶ月前。そのころから、水曜日のお泊まりデートと週末のデートがはじまっている。

駿斗に会えない週末は、当然、この女と一緒にいるのだと思うだろう。酒野に写真を見せられたのだとしても、よく美羽子の顔を覚えていたものだ。

「わたし、美人の顔は忘れないの。ほら、わたしが美人だから、めったに自分より美人だとか思わないんだけど、たまに悔しいくらいの美人に会ったときには、絶対その人の顔は忘れない。だからあなたの顔もしっかり覚えていたの」

腰に手をあてて顎を上げ、見くだしてくるような横柄な態度なのに……。

怒りも恐怖も湧かないのは、なんとなく……美羽子をなじるセリフが褒められているとしか感じられないからだ……。

(こんな美人に、自分より美人、って褒められた……ってことでOKかな)

本人は馬鹿にしたつもりなのかもしれない。全身から居丈高な様子が窺える。

高飛車になれるのは自分が優位だとわかっているからだ。静華は駿斗の婚約者だという自信があるから、上からものが言えるし威嚇もできる。

目の前にいるのが、自分の婚約者を寝取った女ならばなおさらだ。

(婚約者……いたんだ?)

今まで彼との関係を肯定するために、せめてもの言い訳にしていたものが、すうっと消えていく。

駿斗は素敵な人で、女性との噂も多い。大人で紳士で、一緒にいると自分が特別なお姫様にでもなったような感覚に陥る。それだけ、女性の扱いが上手いのだ。

手の上で転がされる女性のひとりでもいいと思えたのは、駿斗に決まった女性がいないようだったから。特別な女性がいるのに、ほかの女に優しい言葉をかけるような人ではないと、信じていたから。

信じていた……のに……。

ぎりっと奥歯を噛む。ゆるんでいたまぶたを大きく開いて静華を見ると、美羽子から反撃の空気を感じたのか勝気な表情に戸惑いが浮かんだ。

「つまり、この写真を見て、私に釘を刺しにきた、というわけですね。貴女の婚約者に馴れ馴れしくするな、と」

「そ……そうよ、忠告しにきたの。いい気にならないでよって。貴女は暇潰しの遊び相手にすぎないんだから。駿斗さんには、わたしっていう婚約者が……」

「その写真の女性が私で間違いないかについては、今は返答を差し控えさせていただきます。お答えするにあたって、ひとつ確認をさせてください。F食品ご令嬢の降田静華さん、貴女はご自分の婚約者と主張する一文字駿斗氏と噂のある女性、すべてに同じことを言って回っているということでよろしいですか。仮に私がその投稿写真の女性だとして、私は一文字社長と噂にはなっていません。わざわざ噂にもなっていない女を特定して釘を刺すくらいです。噂になっている女性は特定されているのですから、当然そちらにも釘を刺して回られていると考えてよろしいですね。そうでなくてはおかしいです。そう思いますよね」

「え？　ええ……、と」

かろうじて返事らしきものをするものの、美羽子の勢いに乗せられて返事をしてしまった様子。一気にたたみかけられて、返すべき言葉を用意できていない。

美羽子はさらに詰める。

「噂になっている方々への忠告よりも、噂にさえなっていない、本人かどうかもわからない私への忠告を優先したのなら、なぜだろうという疑問が湧きます。ただ、噂になるのは企業のご令嬢が多く、貴女もご実家の立場を考えればおかしな威嚇はできないのでしょう。それに対して私は一介の社員にすぎません。それならば威嚇し放題です。見くだそうが傲慢な態度に出ようが、脅すのにも躊躇はないでしょう、私に文句を言われたって痛くも痒くもないでしょうし。噂のご令嬢には言えない鬱憤を、すべて私にぶつけることができる。つまり——貴女は八つ当たりしにいらっしゃったのですね。一文字社長が素敵すぎて、女性関係の噂が絶えなくてイライラする。けれど本人にも相手の女性たちにも下手なことは言えない。そこに、八つ当たりできそうな立場の弱い標的が現れた。……その年で、弱い者いじめですか」

「黙りなさいよ‼」

たたみかけられて言葉が探せなくなった焦りと、少なからず図星だったのだろう。静華は大きく右手を振り上げながら美羽子に詰め寄ったのである。

暴力に出られるかもしれないと、予想はできていた。むしろここに乗りこんでくるほどの気性なら、そうしないほうがおかしい。

叩かれても、蹴られても、それは彼女の想いだ。自分の婚約者に手を出した女に対する、やりきれない想い。逆の立場なら、美羽子も手を上げたい気持ちになったかもしれない。

彼女は駿斗が好きなのだ。それは美羽子も同じ。同じ気持ちを持っているのだから……その怒りも受け止めよう。

だから美羽子は動かなかった。

振り下ろされる手のひらを納得のうえで待ったのだ。しかし…………。

「おおおっと、ストップストップ。これは駄目ですよ～」

制止する声とともに、今まさに美羽子に制裁を加えようとしていた静華の腕が掴まれる。響き渡るはずの打撃音と与えられる痛みがなにもなく、美羽子は目を見張った。

「どんな理由であれ、その行為は暴力ですよ。叩いた拍子に、もしも鎧塚主任が転倒して頭でも打ったらどうします。そういう意図はないにしても、暴行罪だけでは済まない、立派な傷害罪が成立してしまう。そうなれば、あなただけではない、あなたのご実家にも非難の声が向けられるでしょう」

静華の暴挙を未然に防いだのは鹿原だった。振り上げられた静華の手をしっかりと掴んだまま美羽子に笑いかける。

「女史、お待たせしました。さっさと仕事を片づけてしまいましょうか。ところで、なにか被害は？」

「大丈夫です。話をしていただけなので」

「ちょっと！　放しなさい！　なんなの、人を犯罪者扱いして！　弁護士を呼ぶわよ！」

静華が勢いよく腕を振りほどく。彼女の剣幕をものともせず、鹿原は爽やかに笑顔を作った。

「弁護士ならここにいますよ。ご用があればいつでもどうぞ」

脅しのつもりで言葉にした「弁護士」が、腕を掴んだ当人だった。静華は言葉を失いひるんだ様子を見せたものの、キッと鹿原を睨みつける。

「用なんかないわよ！　馬鹿じゃないの!?　なにが弁護士よ！」

速足で東出入口へ向かっていったかと思うと、一度止まって美羽子のほうを振り向く。

「とにかく、忠告はしたから！　わかったわね！」

言ったとたんに走って出ていってしまった。

「嵐みたいな人だ」

鹿原がアハハと笑う。本当に嵐みたいだった。穏やかだった心をぐちゃぐちゃに乱して去っていってしまったのだから。

「戻ってきたら、受付の女の子が女史に来客だって教えてくれたんですよ。不穏な雰囲気だったからなにかのクレームかもしれないって気にしていて。見にきてみれば暴力沙汰の一歩手前。いや、間に合ってよかった。本当に被害はないですか？」

「……先生にしては、下手な嘘ですね。どこから聞いていたんですか？」

鹿原は少し眉尻を下げつつ、ただ微笑む。

おそらく、美羽子がたたみかけはじめたあたりから聞いていたのではないだろうか。

静華に注意を促す際「あなたのご実家にも非難の声が向けられる」と言っていた。あれは静華がF食品の社長令嬢だと会話から聞き取っていなくては出ない言葉だ。

当然、美羽子と駿斗との関係も察しただろう。そうじゃなくても以前美羽子を傍聴に誘った際、駿斗にらしくない威嚇をされている。

「怒鳴り声が聞こえた。だから急いで駆けつけた。それだけです」

真偽はどうあれ、今は、鹿原の誠実さに甘えよう。美羽子は意識して笑顔を繕う。

「そうですか。私も大丈夫です。言いたいことを一気に言ったら、怒らせちゃったみたいで……」

怒るのは当然だ。弱い者いじめは図星だっただろうが、客観的に理は彼女にある。責めるつもりできたのに、逆にたたみかけられて煽られて、静華は動揺しただろう。どうにもできなくて手が出てしまうのも仕方がない。

――婚約者が手を出している女を前にして、平気な顔などできるものか……。

「女史……？」

笑みを貼りつけたまま顔が下がってしまった。

様子がおかしいと感じたのか、鹿原が心配そうに覗きこんでくる。

「本当に大丈夫だったんですか？」

「大丈夫です。ただ、ちょっと……」

——ショックだった。

駿斗には婚約者がいたのだ。公表していないだけで、いたっておかしくはないとは思う。けれど……。

婚約者がいるのに、美羽子のハジメテの相手に志願したのだと思うと……つらい。

「やっぱり帰りますか？　仕事する気分じゃないでしょう」

「駄目です。今日のぶんは片づけます」

間髪を入れずに答えると、背中を軽くポンポンと叩かれた。

「わかりました」

なかなか顔を上げられず覇気がない美羽子に、鹿原は気を使ってくれたのだ。

彼が言うとおり、仕事ができる気分ではなかった。駿斗を想う気持ちが迷走して収拾ができそうにない。

だが、だからこそ、仕事がしたかった。

駿斗のことを考えられなくなるほど、仕事に集中したい。そうしなければ、帰ってひとりになったとたんにボロボロ泣いてしまいそうだ。

（好きな人のことを考えて泣きそうになるなんて……）

こんな気持ちも、こんな自分も、初めてだ。

恋する女性らしい感情だ。美羽子が持っていてもなんら不思議ではないのに、そんな感情はない人間だと周囲に思われ続けてきた。

そんな周りに流されて、いつのまにか自分が恋に悩む女性の感情を持てるようになるなんて、考えたこともなかった……。

嗚咽（おえつ）がこみ上げてきそうになるのを、片手で口を覆って抑える。早く仕事に入ったほうがいいのに、顔も上げられないし動くこともできない。

「すみません、女史。胸を貸してあげたいんですが、社長の耳にでも入ったら、今度は本当に顧問契約を切られそうなので……」

鹿原の困った様子を感じ取り、美羽子はやっと笑いながら顔を上げた。

思ったとおり、無理やり仕事に集中したおかげで弱りかけた心がわずかに回復した。

同時に、自分の立場について冷静に考えることができたのだ。

美羽子が処女をもらってもらったあとも駿斗との関係を続けたのは、女性との噂があっても、それでもいいと思えたのは、彼に特定の女性はいないと思っていたからだ。

駿斗は初恋の人で、ハジメテの人で、女性としての悦びを教え、美羽子の夢を笑うことなくお姫様扱いしてくれた王子様である。

嬉しくて幸せで、水曜日と週末が、とても待ち遠しかった。

この関係が終われば、何事もなかったかのように水曜日も週末も以前と同じに戻り、美羽子はまたアイアンレディとしてだけの日々を送る。

味けなく感じはするが、それが美羽子の日常で、この一ヶ月が特別だったのだ。

婚約者ということは、もちろん結婚をする予定なのだろう。いつから婚約しているのかは知らないが、決まった女性がいるのにいつまでもこんな関係を続けているのはよろしくない。

だが、考えれば考えるほど、納得がいかない。

駿斗が、そんな不誠実な男だとは思えないからだ。

考えないつもりでも、やはり考えてしまう。おかげで寝つきが悪かった。

睡眠不足はメンタルにいい影響を与えない。美羽子とて例外ではなく、翌日は朝からどこか気落ちしている。

それでも仕事に影響を与えてはいけないと自分を鼓舞した。いつもどおりにしようと無理をしているせいだろうか、一日中どこか調子がおかしい。

ミスを連発するとか上手く仕事が回せないとかわかりやすいものではなく、少々力が抜けている気がする。

そのせいか、課員の態度もいつもとは違った……。

「主任、コーヒー飲みますか？　ハーブティーでも淹れます？　あっ、ココアがいいかな、ほら、ココアは疲労回復や情緒の安定にいいっていうし～」

香苗の気遣いが尋常ではない。おまけに課員が通りかかるたびに、個包装の飴やらチョコやらがお供えよろしく置かれていく。

お地蔵様にでもなった気分だ。

外出から戻った山内も、美羽子のデスクにグミサプリの袋を置いた。

「しゅにーん、これどうぞ、ギャバ配合のグミです。ストレスにいいらしいですよ、主任、今日ずっと元気ないし、お疲れ様です」

部下の気遣いが心に沁みる。

そうなのだ、香苗が世話を焼くのも、課員が甘いものを置いていくのも、山内がストレスを気遣ってくれるのも、美羽子に元気がないからだ。

みんなは美羽子が仕事で疲れているのだと思っているだろう。昨日だって、泊まりの出張かと思っていたところ、トンボ返りで報告書まで仕上げて帰ったのだから。

昨日のハードワークで疲労が抜けていないと思われているのだ。

確かに疲労もある。……が、それ以外の理由のほうが大きい。

美羽子はグミサプリを手に取りそれを見つめる。プライベートな理由で、課員に心配をかけてはいけない。

「ありがとう、山内君。ごめんなさいね、みんなに気を使わせているみたい」

顔を上げて苦笑いをする。自分の不甲斐なさを恥じたつもりだったのだが、山内は目を大きくして驚いた様子を見せた。

弱気な言葉を口にしたので、意外すぎて言葉が出なくなってしまったのだろうか。〝鉄の女〟が弱気になった、溶岩でも降ってくると言われてしまうかもしれない。

「主任……なんか、かわいいですね……」

「……は？」

「いや、あの、最近ちょっと噂にはなってたんですけど……、前より主任の顔が優しいって。いや〜、わかります、これには鹿原先生も瞬殺ですよね」

「は？」

先ほどより強い「は？」を発してしまったが、そこに香苗が割りこんできた。

「はいはいはいはい、よけいなこと言わないのっ。ほら、山内君っ、仕事っ、戻るっ。ハウス、ハウス」

「犬じゃないですっ」

シッシと追い払われて反発するものの、山内はおとなしく自席へ戻る。続いて香苗は美羽子の腕を掴んで引っ張った。

「飲み物を選びがてら、ちょっと休憩しましょう。終業時間前のひと踏ん張りの前に、ひと息つきましょうよ。座ってばっかいたらエコノミークラス症候群になっちゃいますよ」

ぐいぐいと美羽子を引っ張り、コンプライアンス課を出る。それからハアッと息を吐いて手を離すと、休憩スペースがある方向を指さし、苦笑いをして歩きだした。

「すいません、引っ張っちゃって」

「いいよ。私もひと休みしたかったし。昨夜は寝つきが悪くてね、疲れも残っていたから仕事でミスをするようなことにならないよう気をつけていたの。なんだかみんなに心配かけていたみたい。ごめんなさいね」

「なんだ、そうだったんですね」

「いつもより元気がなかったから、か弱く見えたのかな？　山内君がおかしなことを言うから驚いたよ」

「いや、あれはガチです」

「ガチって……」

休憩スペースには、自動販売機の周辺に社員が数人。ふたりは自然とコーヒーマシンの前に立っていた。

「噂になってる、って言っていたやつですよね？　ガチ中のガチです。大きな声では言えないけど……みたいな感じでひそひそ噂になってはいたんですよ。『鎧塚主任の顔が最近優しい』って」

考えたこともない話を聞いて、美羽子は目をぱちくりとさせる。

「主任は以前と同じく普通にしてるんだと思うんですよ。でもなんていうか、毎日顔を見て近くにいる私たちでも『あれ？』と思う変化があるので、他部署の、ときどき見かけて『今日も凛々しいな』とか思っている人は、ドキドキしちゃうくらい驚いているんですよ」

香苗はふたつのカップをホルダーにセットしてコーヒーマシンに置いた。

「いや、ほんとにね、表情っていうか振る舞いっていうか、雰囲気っていうか、何気なく話すときの声もそうなんですけど、前みたいな角がないっていうのかな、ん～、ひとことでいうと〝かわいい〟んですよ。変わらず仕事はバリバリこなしているし、ヒアリングは時代劇の正義の味方お奉行様みたいにカッコいいんですけど。最近そこに〝優しくてかわいい美人〟の要素が加わった感じなんですよね。もー、主任ってば完璧中の完璧じゃないですか、どうすんですか、ほんっと……」

コーヒーを淹れながら言いたいことを口にしていた香苗だったが、出来上がったコーヒーをふたつ手に取り、ひとつを美羽子に差し出したところで言葉が出なくなった。

「え……」

彼女が驚いているのがわかる。その理由も見当がつく。

「……褒め……すぎ、だってば……」

そう言うのが精いっぱいだった。恥ずかしいというか、照れくさい。かわいいとか優しいとか、まさか会社で言われる日がくるとは。考えたこともない。

頬があたたかい。唇を内側に巻きこんで視線を斜め下に落としたまま、照れくさくて香苗の顔が見られなかった。

「ちょっ……ちょっと、しゅにんっ」

なぜか香苗が慌てだす。カップをふたつ持ったまま肘で美羽子を押し、「あっち、あっち」と言いながら壁側へ追いやった。

「な、なに……?」

「駄目ですよっ、そんなかわいい顔してたら。ほら、他部署の男がチラチラ見てるじゃないですか」

「は？」

「は？　じゃないのっ。さっきも言ったでしょう、主任は今、かくれた超話題の人なんですから。昨日の鹿原先生とのこともあって、今日はよけいに注目されてるんですよ」

壁に向かってこそこそと話をする女ふたり。おかしな光景だが、聞き流せないことを言われた。ここで会話をやめるわけにはいかない。

「どうしてそこで鹿原先生が出てくるの？　さっき山内君にも『瞬殺』とかわけわからないこと言われたし」

「今日になって、主任の様子が変わったのは鹿原先生のせいだ説、が赤丸急上昇したんですよ。なんでも昨日、主任が鹿原先生と抱き合っていたとかで」

「は？」

「だから、は？　じゃないですよ。昨日、帰社してから東口のロビーでイチャイチャしているのを、帰りがけの社員が見たそうです。いや、私もね、気が合うみたいだし仲いいよなとは思っていたんですけど」

「ないないないない、それはないっ」

とんでもない噂が流れていたものだ。驚いて香苗に身体を向けて、両手のひらを左右に振って否定する。

「どうしてそんな話に……昨日だって鹿原先生とそんな……」

説明しようとしてハッとする。――あのとき、美羽子はずいぶんと精神的に弱っていた。きっとかなりか弱い表情をしていたはずだ。

鹿原は慰めるように背中を叩いてくれた。意識していなかったが、角度によっては寄り添っているように見えるのではないか。

下手をすれば美羽子が鹿原にしなだれかかっているようにも見えたかもしれない……。

なんということだ。誤解にもほどがある……。

「鎧塚主任」

厳しい声で呼びかけられ、胸中がざわつく。顔を向けると、声と同じくらいの厳しさを表情に含ませた駿斗が近づいてくるところだった。

「よかった、ここにいたのか」

香苗は黙って頭を下げるが、美羽子は駿斗を見たまま動けない。彼も視線を外すことなく目の前で足を止める。

「休憩中にすまないが、ちょっといいかな？」

「はい」

「私の執務室で話をしよう」

踵を返し、駿斗はさっさと歩いていく。なんだかわからないが深刻な様子。担当した案件でなにかあったのだろうか。課長や顧問を通さないで直接呼び出すというのは、よほどのことだ。

香苗に行ってくると合図をして、先を歩く駿斗についていく。

彼は振り向かないままエレベーターホールへ向かった。

そこでは駿斗の男性秘書が待機していてエレベーターのボタンを押してくれる。三人で乗りこみ、最上階へ上がった。

どういった用件なのか聞きたいところだが、なんとなく聞いていい雰囲気ではない。ピリピリしているというか、怒っているようにも見える。

エレベーターを出たところで秘書が下がってしまったので、社長室には駿斗と美羽子だけが向かった。

社長室は広く調度品も重厚で、厳粛な雰囲気が漂っている。

長く勤めていても一介の社員が社長室に入る機会などない。もちろん美羽子も入ったのは初めてで、緊張のせいか息苦しかった。

部屋の中央で駿斗が立ち止まり、ゆっくりと振り返る。

美羽子も足を止めて彼を見た。

ふたりきりだが厳粛な表情は変わらない。やはり仕事関係でなにかあったのだ。ごくりと固唾を呑んだとき、駿斗が口を開いた。

「今日は朝から、非常に不快な噂が流れているようだけれど……。知っている？」

「噂……ですか？」

仕事に関する不快な噂。そんなものを耳にしていただろうか。今日は朝から脱力気味だったので聞き逃しているのかもしれない。

「申し訳ございません。不甲斐ないことに今日は少々集中力に欠けておりまして、情報の収集ができていませんでした」

ごまかすのはよくない。自分の状態を素直に報告する。もしかしたら……駿斗が心配そうな顔をするのではとうっすらと考えたが……そんなことはなかった。

「君らしくない。昨日の仕事で疲れたのかな。ずいぶんと張りきって終わらせたらしいね。一緒にいた人のおかげかな？」

不快を感じている口調と表情。それらを感じて、緊張を伴う息苦しさがスッと引いた。このピリピリした雰囲気を作り出している原因がわかったからだ。

——駿斗は、美羽子が鹿原と噂になっていることを言っているのだろう。

鹿原と美羽子が、終業後の東口で意味ありげな様子だった。そこから導かれるのは、ふたりは特別な関係なのではないかという憶測。

ただの噂だろうと思っても、目撃情報まであるとなると心に引っかかりができる。考えれば考えるだけ気分は悪くなる。

「昨日は出張だったと聞いた。泊まりになってもおかしくない仕事量を日帰りで済ませたとか。翌日の業務に影響が出るくらいなら、泊まりでしっかりと休んでから戻ったほうがよかったのでは？」

なぜそんなことを言うのだろう。鹿原が同行者のときには、泊まりの出張は避けるようにと言ったのは駿斗なのに。

違う。気分を害しているから、わざと責めているのだ。ありえない噂が鹿原とのあいだに立ってしまったことを怒っている。

（怒る……？　どうして？）

駿斗と美羽子は、恋人同士のような特別な間柄ではない。ただ駿斗がハジメテの人で、そのままずるずると関係を続けてしまっていただけだ。

縛りつける権利も、縛られる義務もない。

仮に美羽子が鹿原と親密になっても、駿斗に口を出す権利はないのだ。

駿斗にだって、婚約者がいるという。

美羽子はゆっくりと頭を下げる。

「お気遣いくださり、ありがとうございます。おかげさまで支社での仕事は精力的にこなすことができました。支社の担当者がホテルと食事の場を用意してくださる予定だったのですが、私がお断りしたのです。帰社して仕事を片づけられると判断しましたので。往復の運転を考えても、私より鹿原先生のほうが大変だったかと思います。先生の疲労を気遣うのなら泊まりにすべきだったと感じています。申し訳ございません。これからは先生のお身体のことも考え、……必ず、泊まりにさせていただきます」

顔を上げるあいだに、歪みそうな表情を引き締める。最後のひとことになにか感じるものがあったのかもしれない。駿斗がわずかに眉を寄せ、小さく息を吐いた。

「すまない。言いかたが悪かったのかもしれない。昨日の報告書を見て、なかなかの強行スケジュールだったので心配になった……。鹿原先生も大変だっただろうが、君の体調も心配だ。

……俺が『泊まりは避けろ』と言ったのは覚えている。正直なところ、泊まりになるのはいやだ。だが、そんな俺の嫉妬のせいで美羽子に負担をかけてしまうのは本意じゃない」

途中から口調が変わり、プライベートモードになる。嫉妬を覚える自分を抑えて美羽子の体調を優先してくれる。なんて優しいのだろう。

胸がくすぐられる。嬉しくて愛しくて、恋心が号哭する。

これが本当の駿斗であってほしい。婚約者がいるのに、気に入った女と関係を続けるような不誠実な男ではなく。

信じたい。けれど、信じたとしても、ずっとそのままでいられるわけでもない。

彼は婚約者と結婚する。美羽子との関係は終わる。それなら、これ以上深みにはまらないほうが利口ではないか。

「……ご心配、恐縮です」

駿斗の態度に反して、美羽子は口調を変えなかった。真っ直ぐに駿斗を見て、自分に言い聞かせる。

「私は、社長が与えてくださる優しさに甘えすぎています。ですが、今のうちにその甘えから抜け出したほうがいい。そうしなければ、かつて、貴方が手の届かない人なのだと絶望したときより深く傷ついてしまう。今度は立ち直れない。一度目は貴方への気持ちを閉じこめることができたけれど、今はもう……できません」

鼻の奥に刺激がこみ上げてきて声が震える。このままでは泣き声になってしまう、それを察して慌てて片手で口を覆った。

「美羽子……」

泣きそうになっていることに気づいたのか、駿斗が美羽子に手を伸ばすが後退してそれを避けた。その場で素早く頭を下げる。

「お姫様扱いされて、いい気になってすみませんでした。婚約者の方を大事にしてあげてください」

早口でそれだけを言い、踵を返す。急いでドアに走り寄りドアノブをひねった。

「駄目だ、美羽子！　まだ行くな！」

追ってくる気配を感じて急いでドアを開ける。そのときスマホの着信音が響き、背後で駿斗が応答するのが聞こえた。

「はい！　見つかりましたか!?　……え？　しずかさん？」

彼は電話を待ってたのか、かけてきた相手を決めつけて応答したようだ。とても慌てていて、それこそらしくない。その相手は〝しずかさん〟だった。

美羽子はドアを閉め急いで階段へ走る。電話をしながらでも駿斗は追ってくるかもしれない。エレベーターホールへ向かえばアッサリ捕まってしまう。

案の定、「美羽子！」と叫ぶ声と廊下を走る足音が聞こえる。エレベーターホールへ向かっているのを耳で確認しながら美羽子は急いで階段を下りた。

ふたりきりのときならともかく、廊下に出たなら美羽子呼びはやめたほうがいい。誰かに聞かれたら大変だ。

（でも、社員は「アイアンレディ」と「鎧塚」は知っていても、私の下の名前なんて知らないか……）

鉄と鎧のイメージが強すぎるのだ。それでも最近は表情がやわらかくなったと言われたが、駿斗との関係を切って、また仕事一辺倒になったら、表情や雰囲気も硬くて厳しいものに戻るかもしれない。

（そのうち、本当に〝鋼鉄の女〟って言われそう）

そんなことを考えながら階段を下りているうちにスピードが遅くなり、立ち止まってしまいそうになる。またもや鼻の奥に刺激が走った。

足を止めれば泣いてしまう。ゆっくりでも足を動かし階段を下りる。――ふと、あちこちのフロアで廊下を走る足音が聞こえることに気づいた。

数人が急いで歩き回っているような足音だ。

なにかあったのだろうか。法務部がある二十階へ下りる踊り場で足を止め、様子を窺う。

――そのとき。

「このっ！　クソ女！」

荒々しいがなり声が背後から聞こえた。

思わず振り向いてしまったのは、この場にいる女は美羽子だけであるのと、その声に聞き覚えがあったからだ。

酒焼けしたようなガラガラ声。あまりにも印象的な暴言。

「くたばれ、売女(ばいた)！」

振り向いた美羽子の目に映ったのは、金属バットを振り上げたポロシャツにハンチング帽の、顔に醜悪な形相を貼りつけた男。

法務部に乗りこんできた土門啓次の父親だ。

あまりにも突然で、逃げる隙なんてなかった。とっさに両手を顔の前にかざすくらいしかできない。

なぜこんなことになっているのかわからない、ただ、身の危険を感じたこの瞬間、美羽子は一番頼りたい人の名前を叫んでいた。

「……駿斗、さんっ……‼」

身を縮め、グッとまぶたを閉じる。

ガランガランと金属バットが勢いよく転がる音とともに、あちこちで聞こえていた足音が集まってくるのを感じた。

息を詰めてまぶたを開けた美羽子の目に映ったのは、土門啓次の父親を背後から羽交(はが)い絞めにする駿斗の姿だった。

「テメエ、放しやがれ！　オレはなぁ、この女に思い知らせるためにきたんだ！」

羽交い絞めにされながらも、男は手足をばたつかせ抵抗する。それでも苦しいらしく勢いはなかった。

「いい加減にしなさい！　こんなことをする暇があるなら、息子さんに寄り添ってこれからを真剣に考えてあげたらどうなんですか！」

「うるせぇ！　啓次の将来を壊しやがって！　この女がよけいなことを言わなきゃ、啓次だってあんな女を追いかけ回したりしなかったんだ！」

「誤解だと、弁護士から言われたはずです！」

「うるせぇ!!　うるせぇ!!　殴らせろ！　こんな女、顔もわからないくらいぐちゃぐちゃにしてやる!!」

「こんな女とはなんだ！　俺の妻にかすり傷ひとつ負わせてみろ、ただじゃおかない!!」

「グ……ェッ!!」

羽交い絞めをする腕に力が入ったのだろう。男が苦しそうな声を発して顎を上げる。上と下から集まってきた警備員たちが、駿斗の腕から男を引き離した。

「社長、興奮されるのはわかりますが、絞めすぎてはいけません。体格も身長も顔も知性も間違いなく社長のほうが絶大に勝っているんですから、なにかあったときに庇いきれなくなりますよ」

苦笑いで上の階から下りてきたのは鹿原だった。

それにしても、笑いながらかなり辛辣なことを言う。両脇を固められた男が連れていかれるのを見送って、駿斗のそばに立った。

「しかし先生、あの男、美羽子のことを『この女』とか失敬な言いかたをしたんですよ。おまけに殴らせろだのぐちゃぐちゃにしてやるだの、許しがたいっ」

「はいはい。そうですよね、頭にきますよね。さすがの一文字社長も腹に据えかねるほどのことをしたんです。じっくりお灸をすえてやりますよ。……とーこーろーでー、まだ正式に発表もしてないのに、『妻』だの『美羽子』だの、そんなに堂々と公言してしまってよかったんですか？」

腕を組んだ鹿原は、チラチラッと目線を上下に動かす。つられて美羽子も目を向け……、ギヨッとした。

上の階、階段の欄干を埋めるほどの社員たちの姿がある。そして下の階からも、騒ぎを聞きつけた社員たちが見上げていた。

おまけに下の階は法務部があるフロアだけあって、見知った顔ばかり。あんぐりと口を開けた香苗の姿も見える。

　腕時計を覗くと終業時間を少し過ぎている。騒ぎを聞きつけた社員が何事かと集まってしまったのだろう。

（駿斗さん……ほんと、らしくないほど怒ってたけど……）

　理解不能なことも言っていなかったか。

「かまわない」

　美羽子を引き寄せた駿斗が肩を抱き寄せる。

「どうせそろそろ公表するつもりだった。鎧塚美羽子は、私の妻になる女性だ」

「ええっ！」

　驚きの声をあげた美羽子だったが、社員から歓声があがったためその声は掻き消されてしまった。

「つ、つ……つまって……」

　言葉を詰まらせつつ駿斗を見ると、彼は面はゆい表情を浮かべて美羽子を見つめていた。

　その表情に胸を射抜かれ頬があたたかくなるのを感じるが、駿斗と絡んだ視線を外すことができない。これでは、照れて見つめ合っている姿をたくさんの社員に見られてしまうのに。

「わかりましたかー？　本日面白い噂が広まっていたようですが、私はこのおふたりの痴話喧嘩に巻きこまれただけですよ。この事実は、皆さんで拡散してくださいねー」

鹿原が社員たちに向かって声を張ると、あちこちから「はーい」「今拡散中でーす！」と声があがる。

周囲の声がにぎやかに響くなか、駿斗が美羽子にだけ囁きかけた。

「こんなところで言ってしまってごめん。ふたりきりになったら、ちゃんとプロポーズするから」

「プロポーズ……」

恥ずかしさが限界に達し、とうとう駿斗の顔を見ていられなくなってしまった。真っ赤になっているだろう頬を両手で押さえて、彼から目をそらす。

「美羽子？」

「……恥ずかしい」

恥ずかしさと嬉しさが、胸の中でせめぎ合っている。駿斗の腕のなかにいる自分を嬉しく感じるけれど、たくさんの人の前でこんな自分を見せてしまっているのが、恥ずかしいというか、照れくさいのだ。

せめて肩から手を離してくれるかと思いきや、さらに抱きこまれ彼の肩に顔が密着しそうになる。公衆の面前でさすがにこれは大胆だ。わずかに反り返って密着だけは避けた。

「ひとまず、あとは私に任せてください。社長は怖い目に遭った女史をいたわるという大事なお仕事がありますので、そちらをよろしく。あっ、三村さん三村さん、女史のバッグ、持ってきてくれますか。このまま、社長と一緒に帰ってもらいましょう」

手際よく仕切る鹿原に名指しされ、香苗の「はいぃっ！」という、ちょっと裏返った返事が聞こえる。続いて駿斗が声を張った。

「皆さん、お騒がせしました。近いうちに正式にご報告いたします。今日も一日ありがとう、気をつけて帰宅してください」

駿斗の言葉で解散を促された社員たちが「はい」「お疲れ様です！」と言いながら散っていく。

そんななか、気になる声も耳に入った。

「えー、社長と鎧塚さん、むっちゃお似合い」

「美男美女って言葉、こういうときに使うんだね～」

「コンプラの主任を堕とすなんて、社長、すごいな」

ちらりと駿斗に目を向ければ、愛しげな眼差しとぶつかる。とても甘くてずっと見つめていたいくらいだが、わからないことがありすぎてなにから確認したらいいものか。

ひとまず、降田静華は婚約者ではないと思っていいのだろうか。けれど、つい先ほど「しずかさん」からの電話を受けていたではないか。

「あの……、私、なんだかわからないことが多くて……」

駿斗に聞こうとしたのだが、それに答えてくれたのは鹿原だった。

「それはね、これからふたりでゆっくり話してください」

「鹿原先生」

「女史、貴女がコンプラに配属された当初から、私がうるさいくらい言っていることはなんですか？」

美羽子は刹那黙るが、すぐにふっと口元をゆるめた。

「真実を憶測で終わらせない、ですね」

「そうです。間違いないと思ったことでも、必ず確認をしてください。本人の口から語られなければ見えない真実というものは、必ずあるんです」

鹿原は片手を口の横に寄せ内緒話の体を取る。少しだけ、美羽子に顔を寄せた。

「ちゃんと、社長の口から真実を聞いてください。入社当時からこじらせていた純愛は、なかなか重いですよ」

「先生っ」

そこでひとことを入れたのはもちろん駿斗だ。内緒話の体は取っていたが、シッカリ駿斗にも聞こえる大きさだった。

そのとき香苗が美羽子のショルダーバッグを持って戻ってきた。駿斗に抱き寄せられているせいで美羽子は動けないので、鹿原が受け取ってくれる。バッグを渡した香苗がきらきらした目で美羽子を見た。

「しゅにんっ、明日、待ってますよっ」

ニコニコしながら手を振り、オフィスへ戻っていく。

「明日は質問攻めにされるな」

駿斗がクスリと笑う。「そうですね」とは言うものの、誰のせいですかと言ってやりたい。香苗の「待ってますよ」は、出社してくるのを待っています、という意味ではなく「詳しいきさつを聞けるのを待ってます」という意味だ。

ショルダーバッグを鹿原から受け取る。彼は笑顔で駿斗の肩を叩いた。

「それじゃ、私は軽く後片づけをしてきます。ああ、昨日店にいってきたんですけど、タイムリーに姉からの伝言預かったんでした。『しっかりやれよ。美羽子ちゃん逃がすんじゃないよ、ライダーくん』」

ニヤリとして手を振り、階段を下りていく。言われた駿斗は苦笑いだ。美羽子の肩を抱いていた手を背中に回し、一緒に階段を下りて二十階からエレベーターに乗った。

この時間、二十階フロアから上階へ向かう者はあまりいない。エレベーターホールにいた数人が気をきかせてくれたのもあるが、乗ったのはふたりだけだった。

「……さっき、鹿原先生、すっごく聞き覚えのあるあだ名で駿斗さんのことを呼んでましたね」

まずはそこから聞いてみる。わずかに気まずそうにしたものの、駿斗は潮時とばかりに小さく息を吐いた。

「はい」

「よく行く小料理屋があるだろう、俺のこと『ライダーくん』って呼ぶ女将さんがいる」

「鹿原先生のお姉さんなんだ」

「そうなんで……ええっ⁉」

普通に返事をしそうになったが、途中で驚きに変わった。

「おっ、お姉さん、ですか？」

「うん。で、鹿原先生は、俺の大学時代の先輩で同じ弁論サークルの先輩。結構仲がよかったんだ」

知らなかった。そんなに昔から知り合いだったとは。よく思い返してみれば、同期時代にあの小料理屋を紹介してくれたのは駿斗だった。

「お姉さんには昔からすっごく世話になったんだ。美羽子がひとりで飲んでいるときには必ず教えてくれたし、誰かが一緒でも誰と来たか報告してくれるし、それが男だったらどういう関係かまで確認してくれていた。まあ……だいたいは部下だったけど」

「だから……ひとりで飲んでるとよく駿斗さんが現れたんだ……」

「そういうこと」

「でも、女将はどうしてそんなことしてくれていたんですか」

「バレバレだったんだよ。同期のころから俺が美羽子にベタ惚れだったの。それだから協力してくれたんだ。……副社長に就任してから美羽子と距離ができてしまったときは、泣いて怒られたよ。『どうして美羽子ちゃんにだけでもちゃんと伝えておかなかったんだ』って。本当にそうだ。美羽子だけにでもちゃんと自分の立場を明かして理解してもらう努力を始めからしていれば、こんなにも長くすれ違うことはなかったのに。立場を明かして、距離を取られるのが怖くて、……なかなか言えなかった。臆病者だな」

切なげに見つめられて胸がきゅんっとする。抱きつきたい衝動に駆られるものの、エレベーターのドアが開きお預けになった。

「臆病なんて、それは私も同じです。駿斗さんとは住む世界が違うんだから近づいちゃいけないって、——好きになっちゃいけない人なんだって、そう思ったから……それに私なんかふさわしくないって思った」

「美羽子が、一度目は気持ちを閉じこめることができた、って言ったのを聞いたとき、同じ気持ちだったんだってわかった。もう、すぐにでもプロポーズしようって決心した」

「だからって……あんな公衆の面前で……」

少し困った声を出すと、駿斗は「ごめん」と笑う。おそらく、プロポーズすると決心していたこともあってつい本音が漏れてしまったのだろう。美羽子を、絶対に自分のものにすると……。

「俺が美羽子を好きで好きで仕方がないっていうのは、お姉さんにいろいろ聞いてる鹿原先生にもバレバレだった。鹿原先生が美羽子を傍聴仲間にしようとしたのも、俺のことがあるから親近感があったらしい。それじゃなかったら、誰でも誘うような軽い人じゃないからね」

「そうなんですか……」

意外な繋がりだった。社長室へ向かう廊下を並んで歩き、駿斗の指先が美羽子の指に触れたかと思うと包みこむように手を繋がれた。

「夕方、土門氏がまた社にきたんだ。受付で『鎧塚に会いにきた』と言って暴れて、持っていたバットで警備員を叩いて逃げてしまった。それもゲートを飛びこえて社内に入りこんだ。警察に連絡をしたが見つけるまでに美羽子になにかあったら大変だ。それだから、土門氏が見つかるまで俺が美羽子を社長室に保護することにした。まだ就業時間内だ、社長の呼び出しなら、自分の仕事の手を止めてでも従わなくちゃならないだろう?」

「もしかして、鹿原先生との噂が誤解だっていうのも、先生から聞いていました？」

「知っていたよ。でも、美羽子を怖がらせたくなかったから土門氏に狙われていることには触れないで、鹿原先生との噂を持ち出した。怖いの、いやなんだろ？　美羽子がすぐに『誤解です』って言えば、あっという間に終わる話題だったんだけど予想外におかしな方向にいってしまって、美羽子が社長室から出てしまった」

ハッと思いだしたのは、あのときの駿斗のセリフ。

――駄目だ美羽子！　まだ出るな！

駿斗には、美羽子を社長室で保護しておく責任があった。狙われていることは知らせず、土門が捕獲されるまで。

出ていこうとした美羽子を引き留めるべきところ、間に合わなかったのだ。――電話がきたから。駿斗はそれが土門が見つかったという知らせかと思ったのだ。

社長室に入り、ドアが閉まった瞬間に抱きしめられた。今度は躊躇することなく駿斗の胸に身をゆだね、背中に腕を回す。

「守ろうとしてくれていたのに……ごめんなさい」

「いいんだ。俺のほうこそ、ごめん。昨日美羽子になにがあったかわかっているなら、避けたほうがいい話題だったかもしれない。申し訳なかった」

「昨日のこと……降田静華さんのこと……」

「知っている。鹿原先生に聞いた。降田嬢は押しが強くてね。俺はいろんな女性と噂があるようだが、誰がしているともわからない噂を否定して回ることもできない。それにそういう噂があれば、女性がよってこなくて煩わされることもないと思って放っておいたんだ。降田嬢にははっきりと断ってはいるんだが、大手の取引先だから逆上させるようなことは言えなかった」

駿斗のセリフが気になり、ちょっと身体を離して彼を見る。

「噂はぜんぶ嘘？」

「そうだよ。自分との噂を流せばほかの女が寄りつかないとか思うんだろう。よくやられる……。美羽子……もしかして、女性との噂が流れるたびに、その人に手を出しているとでも思っていた？」

「それは……でも、考えてしまいますよ、駿斗さんは素敵だし、降田のお嬢さんだって心配でしょっちゅう駿斗さんに電話をかけてくるみたいだし」

「電話？　かかってきたことはないけど」

「でも……さっきも電話で『しずかさん』って……。それに、ふたりでお泊まりのときもかかってきたことがあるし……。あっ、ごめんなさい、スマホの着信履歴を見たとかじゃなくて、かかってきたときに偶然通知を見てしまっただけで……」

勝手にスマホを覗くような女だと思われたくなくて言い訳がましくなる。しかし駿斗の返しはアッサリしていた。

「それ、母親」

「は？」

「一文字しずか、俺の母親だ。そうか、【しずかさん】で登録しているから誤解させたんだな、これも悪かった。母のことはずっと名前呼びだから気にしていなかった。俺の結婚問題をすごく気にしていて、頻繁に電話がくる。それでも、美羽子を抱いてから決心して『結婚したい人がいるから、紹介できる準備が整うまで待っていてくれ』って言ってからは減ったほうだ」

「お母様……ですか」

「そう。ちなみに叔母たちからもくるな……。ときどき複数の女性の名前が不在着信に並ぶから、それを見られていたならもっとすごい誤解されていたかも」

考えたくはないが、十分にありえる。

「そういえば、降田嬢も〝しずか〟さんだったか。これは面倒な偶然が重なったものだ。美羽子が誤解をしても無理はない。降田嬢のほうは、昨日のうちに父親である降田氏に話をつけてある。改めて謝罪にくるそうだ」

事情を聞くごとに胸が軽くなっていく。濃く立ちこめていた靄(もや)が、スゥッと晴れていくようだ。

「それにしてもショックだな。俺は美羽子に事実無根な噂を本気にされて、より取り見取りの節操なしと思われていたのか」

「そんなことは……！」

と、言いかけるものの……。ごまかしてはいけない、美羽子は上目遣いに眉尻を下げる。

「ごめんなさい」

「その顔ムチャクチャかわいい！　俺がいないところでやらないでくれよ、絶対っ、約束っ！」

再びギュッと抱きしめられた。

「さっきもそうだ。美羽子が『恥ずかしい』って言ったときの顔が最高にかわいくて、それを見たギャラリーの男たちが騒ぎ出したから慌てて顔をかくしたんだ」

さっき、あとでプロポーズをすると言われて、嬉しいやら照れくさいやらでどうしようもなくなったときのこと。いきなり強く抱きこまれて、顔が駿斗の肩に押しつけられそうになった。

あれは、駿斗以外の男に美羽子の顔を見せないようにするためだったのだ。

（なにそれ！　もうっ！）

胸がぎゅんぎゅんする。胸骨の中で心臓が暴れているのではないかと思うくらい、駿斗を想う気持ちが跳ね回る。

堪らず駿斗にしがみつくと、顎をさらわれて唇が重なった。

水曜日デートが流れてしまったぶんを取り返すべく、初めての木曜日デートが決行された。

とはいえ、こんなことがなくても駿斗は誘う気満々だったらしく、シッカリとホテルもディナーも用意されており、おまけに今回のデート用のサプライズまで用意されていた。

「俺と結婚してください。絶対幸せにします」

目の前で跪いた王子様が右手の甲にキスをして囁くのは、スタンダードだけどもっとも伝わりやすい愛の言葉。

子どものころに憧れた、おとぎ話のお姫様と王子様のよう。

ふたりきりになったら、ちゃんとプロポーズするから、という言葉どおり、スイートルームで受けたプロポーズ。

跪く駿斗の、なんと凛々しいことか。どんなおとぎ話の王子様より、駿斗が一番素敵だ。

ただ……。

「駿斗さん」

「はい」

「それ、今言うんですか？」

美羽子は、申し訳ないが少々不満だ。

「ふたりきりになったし」

「プロポーズを思いだすたび、この格好も思いだしそうなんですけど……」

羞恥に負けて顔をそらす美羽子は、……ベビードールに身を包んでいる。

いや、身を包んでいる、などという生易しいものではない。やわらかな布を肌にのせている、と言ったほうがいいかもしれない。

真紅のベビードールは前開きのフリルがかわいらしく、ストラップにあしらわれたクリスタルガラスが特別感をくれる豪華さだ。ちなみにショーツはフロントの中央以外はほぼ紐(ひも)である。

とはいえアダルトグッズなどではない。駿斗から渡されたショップの紙袋には有名な海外ブランドのロゴが大きく主張していた。

本日の、デート用サプライズである。

「とてもかわいらしくて素敵だ。フリルがいっぱいでお姫様みたいだよ」

「確かに、いっぱいですけどっ、こんなエッチな格好したお姫様はいないです」

アハハと笑いながら駿斗が立ち上がる。そんな彼もバスローブ姿である。

入浴をしたあとに着替えたのだが、生まれて初めて着用するベビードールにあたふたしていると、手を取られプロポーズの言葉をもらってしまったのだ。

「俺のお姫様は、かわいくて美人で、すっごくエッチだけどね」

「きゃっ」

いきなり抱き上げられ、慌てて駿斗の首に抱きつく。もちろん、お姫様抱っこである。

「本番では婚約指輪とバラの花束を用意する」

「本番？　今のは？」

「準備プロポーズ。ここでOKをもらっておかないと、本番に進めない」

「聞いたことないですよ、準備プロポーズなんて」

「明日、同僚に質問攻めにされる予定だろう？　『なんてプロポーズされたんですか』とか聞かれて答えられなかったら大変だ。でも、準備プロポーズを覚えていれば大丈夫。だからほら、美羽子、返事は？」

なんだか面白がられている。駿斗はとても楽しそうだ。

「……仕方がないですね」

仕方がないのだ。――美羽子も、楽しくて仕方がないのだから。

「末永く、よろしくお願いします」

愛の言葉への返事は、スタンダードだけどもっとも伝わりやすい。

唇を重ね、どちらからともなく舌を絡ませる。ねっとりとした熱い舌を感じながら、ふたりでベッドに沈み重なり合った。

「ンッ、ふぅ、ん」

貪りつくようなキスをしながら、駿斗がバスローブを脱ぎ捨てる。ごく薄い布の上から乳房をまさぐり乳頭をつまみ上げた。

くにくにとひねるように擦り、いつの間にか布を尖(とが)らせるくらい凝った突起を育て上げていく。

「あぁぁ、やぁ、ん……ハァ、あっ」

「すぐ硬くなる。俺のお姫様は本当に素直だ」

「駿斗、さっ……」

布越しに乳首を口に含み舌で擦り上げる。直接舐(ねぶ)られるのとは違う感覚が、じれったい快感を連れてきた。

両手で掴み上げられたふくらみが中央に寄せられ、布を尖らせる果実が交互に食まれる。一往復するごとに布がじっとりと唾液に濡らされ、放置されても敏感になった乳首に刺激を与え続けた。

「あぁぁ……や、胸、気持ちいぃ……」

腰がうねり両脚がシーツを擦る。駿斗を求める両手が彼の胸を撫で腰をさすり、臍のあたりをさまよった手が熱い塊に触れた。

これがなにかはわかっている。

美羽子に、駿斗の最も激しい情熱を教えてくれたものだ。

ほんの一ヶ月前、まだ処女だったときは男性のいやらしい器官のひとつだとしか思っていなかったのに。今は、こんなにも愛しさが湧き上がる。

触れた指先を滑らせ、手のひらでふんわりと、熱を帯びた海綿体を包む。ぴくっと動いたのを感じると、美羽子の手が刺激を与えたのだと思えて嬉しくなった。

「そうやってさわられると、すごく気持ちイイ」

「さわってるだけ、なのに?」

「さわってるのが美羽子だからだよ。わかる?」

駿斗の片手が脚のあいだに伸びてくる。紐の上から肌をなぞり、もったいぶった手つきで前庭を撫でる。

たったそれだけのことなのに、ふるりと肌が歓喜する。その先に期待をふくらませ、美羽子はうっとりと答えた。

「わかる……。私も、駿斗さんだから……気持ちイイ」

「嬉しいよ」

指はクロッチの上から押しつけられ、小さな布ごと秘裂にはめられていく。指を回すように動かされ、思ったよりも潤っていたそこはぐちゅぐちゅと音をたてた。

「あっンッ、ダメ……ぐちゃぐちゃになっちゃう……あぁん」

「もうなってるよ」

指の動きが速くなり、そこから響く音も大きくなる。もちろん官能も煽られた。

「あっ、あ、やぁぁ……」

堪らなくなって手の中のものをぐっと握る。一瞬だけ表皮のしなやかさに騙されるが、次の瞬間その内側にある熱く逞しいものに気づかされる。

これが身体の中に入ったら……そんな想像に走り、腰の奥のほうから熱い濁流があふれる気配がした。

「大洪水だ」

しとどに濡れた布越しに指が滑り、陰核の上で遊ぶ。頂上に潜む秘珠を擦りたてて快感を煽った。

「やぁぁん、ダメ、そこ、ああっ！」

追い詰められる衝動で手に力が入る。手の中のものがより張り詰めていくのを感じながら、愉悦でいっぱいになったものが弾けた。

「やぁあっ――――！」

「美羽子っ、手……」

苦しげな声を出す駿斗に手を掴まれ、指を絡めて熱棒から引き離された。

「美羽子の手が気持ちよくて、危なくデるところだった……。よかった、手にダさなくて」

ホッと息を吐いている様子から、冗談ではないようだ。

「……別に、いいのに……」

達したあとの束の間の余韻。そのせいで大胆なことを言ってしまう。

クスリと笑った駿斗が、ベッドサイドテーブルに置いていた避妊具を手に取った。

「いやだ。俺は美羽子に包まれてイきたいんだ」

「手だって、私ですよ……？」

「こっちのほうがいい」

薄い膜を素早く自分自身に施し、美羽子の両膝をかかえる。彼が望んだ〝こっち〟に熱い滾りがずぶずぶとはめこまれていった。

「あぁぁんっ――――！」

ピリピリッとした刺激が弾け、膣口が収縮する。大きなものがはまっているせいで、それは締めつけに変わったらしく、小さくうめいた駿斗が腰を大きく突き上げてきた。

「美羽子はそうやってイってばっかりだ。そんなに気持ちイイ？」

ゆっくりと剛直が引かれ、勢いをつけて突きこまれる。続けて繰り返されると全身が甘い微電流でいっぱいになって、意識ごとどこかへ飛んでいってしまいそう。

「だって、駿斗さんが、悪ぃ……あぁぁん！　あぁ、気持ち、イイの……ん、ンッ」

「かわいいな、美羽子は最高にかわいいよ」

ベビードールをまくり上げて直に乳房を揉みしだく。

ごく薄い布越しよりも、やはり直接肌に触れてもらうほうがずっと気持ちイイし、彼を感じられる。

「駿斗さんがさわるから……気持ちイイ……ンッ、ふぅ……」

駿斗の手の上に両手を置く。大好きな人が自分の身体に触れている。初めて好きになった人、処女だった自分を変えてくれた人。なんて幸せなんだろう。

「美羽子は……感じかたが上手だ。とても扇情的で、色っぽい。どうしたらいいかわからなくなる。ハジメテのときに感じすぎて戸惑って、謝りまくっていたのが嘘みたいだ」

そんなこともあった。上手く感じられているかもわからないうえ、己の反応が下品なのではないかと悩んだのだ。

でも今は、駿斗が褒めてくれるのがとても嬉しい。

「本当に……ぁぁンッ、上手、ですか……？　あっ、あ、ダメ、ダメェ……！」

駿斗の抽送が力強くなってくる。胸から美羽子の手を外させ、指を絡めて顔の横で押さえつけた駿斗が唇を合わせる。

「嘘なわけがない。美羽子は最高にかわいい、俺の愛するお姫様だから」

感動にも似たなにかが、ぶわっと心の中を埋め尽くす。愛しさでいっぱいになりながら、美羽子は駿斗の肩から腕を回し抱きついた。

「駿斗さん……はやと、さっ……あああっ！」

「美羽子、愛してる」

「私も……わたし、も、あっ……いっ、やぁぁん、ダメェっ……！」

できれば「愛してる」を返したかった。けれど昂り続ける官能が出口を求めてのぼり詰めようとするので、意識がどうしてもそっちにかたむいてしまう。

擦り上げられる粘膜が、駿斗の熱を悦び逃がすまいと絡みつく。がつがつと穿たれる蜜壺が煮え滾り、もう噴火寸前だ。

「ダメッ……もう、イ、くっ、はやとさ……」

急激に襲ってくる浮遊感。

まるで雄茎を離すまいとする淫筒のように両脚を駿斗の腰に巻きつけ、自らも腰を揺らして駿斗と快感を共有した。

「はぁ、ああ！　はやとさぁんっ、イくぅ――――!!」

腰を浮かせ、ググっと秘部を押しつける。その状態で達すると、逞しい肉茎が最奥でふくれ上がり、ぐずぐずに蕩けた蜜壺に押しつけられたまま止まった。

火照った身体を重ね合ったままお互いを感じる。熱も鼓動も呼吸まで、すべてが溶け合って彼とひとつになってしまいそうな幸福感。

「……美羽子」

囁き声はなによりも愛しく、耳から美羽子の脳を甘く犯す。

「愛してる」

そして、最高に幸せな言葉が全身に沁みこんでいった。

翌日の美羽子は、話を聞きたそうなギャラリーのソワソワした視線に耐えながら午前中の仕事を進め……。

昼に鹿原が小料理屋の特製弁当を差し入れてくれ、それを食べながら美羽子や山内、仲よくしている広報部女子からの質問に答えた。

内容は主に馴れ初め。駿斗と美羽子が同期として仲がよかったころの話がメインだ。

同期としてどう交流していたかの話が多かったので、美羽子としてはそれほど刺激的な話でもないと感じていた。

……のだが。

「すごい……主任、同期時代から甘々じゃないですか。どうしてそれで当時からつきあっていなかったんですか？　それでどうしてただの同期とか思ってたんですか？　鈍いにもほどがありますよ。当時の同期さんたち、よくだれもキレ散らかしませんでしたね。『もうつきあえよ、おまえら!!』って」

と、香苗が呆れれば……。

「社長……かわいそうです……。絶対同期時代から期待してましたよ……。絶対自分のことを好きだ、間違いなく両想いだって思ってたに違いないです……。しゃちょう～、おいたわしやぁ～」

同じ男として山内が嘆き……。

「ん～、記事の見出しは決まったな。【遅すぎた春・アイアンレディおおいに惚気(のろけ)る】に決定。

……あ、でも、最近の美羽子さん、〝鉄の女〟って雰囲気でもなくなってるし……ん〜、再考の必要ありか」

と、広報部女子が悩む。

それほど当たり障りのない話をしたつもりだったのだが、三人の意見は「真面目すぎる恋愛不器用なふたりの春」ということで一致していたのだった。

エピローグ

【遅すぎた春】が社内の微笑ましい話題となった数日後、鹿原に連れられて、――驚くほどやつれた美夕が、美羽子に謝りにきた。

あの日、鹿原の話や土門啓次の父親の言葉から、うっすらと気づいてはいた。

だが、いまさらそれを追及しても誰もいい気分にはならないと思い、美羽子は掘り返さないことにしていたのだ。

だが、美夕は気にしていたらしい……。

社内ストーカー事件。土門啓次に幼稚園時代の話とともに立花絵衣子のことを教えたのは、美夕なのだ。

美夕も、同じ幼稚園だった。

三人が偶然にも同じエリアの出身ということは世間話からわかっていたが、土門啓次は、立花絵衣子が結婚の約束をした女の子だと気づいていなかったし、立花絵衣子は幼稚園のときにそんな約束をしたことさえ覚えていなかった。

美夕はそんな大事になるとは思っていなかった。当時そんなことがあったね、くらいの懐かしい笑い話のつもりだったのだ。

だが、土門啓次は想像以上に、異常なほどに立花絵衣子に執着し……法的な措置を受けるほどの大事に発展した。

焦ったのは美夕だ。

自分のひとことがこんなことに繋がるなんて思っていなかった。

これはなにかの罪になるのだろうか。土門啓次が美夕に教えられたと話したら、自分も事情を聞かれたり警察が訪ねてきたりするのだろうか。

立花絵衣子に伝わったら恨まれるに違いない。

それより、ストーカー事件がこれ以上の悪い結果を導き出したら――。

恐怖と焦りで出社するのも怖くなった美夕は、結婚をすると嘘をつき、寿退社を理由に姿をくらませた。

結婚情報誌を置いていったのは、結婚準備をしていた、と印象づけるためだった。

性急に退職するのを不自然に思われたくなくて、ほかの部署の人間には「結婚することを男に興味がなさそうな主任に言えない」「女を意識してほしくて結婚情報誌を置いてきた」などと言ってしまった。

忘れ物と称して顔を見せていたのは、事件の経過が気になって仕方がなかったからだ。土門啓次がどうなったか知りたい。でも、立花絵衣子に聞くわけにもいかない。

一度目にきたときは香苗から話を訊き出そうとしたが、なにも情報が得られなかった。直接担当していたのは美羽子だ。きっと、詳しいことは美羽子でなければわからない。でも香苗に土門啓次の父親が乗りこんできた話を聞いて慌ててしまった。土門啓次の父親は、幼稚園時代の話を美羽子がしゃべったと思っているのだ。怖くて誰にもなにも言えなかった。

意を決して美羽子に会いにきたときも満足のいく話は聞けなかった。しかも、案件は鹿原に移っているため、美羽子でさえどうなっているかわからないという。

心配で心配で堪らない。いても立ってもいられなくなり、食欲もなくなって考えるだけで吐くようになった。

限界を感じ、直接鹿原に会いにいってすべてを話したという。

土門啓次の父親が、事件に発展する話を息子にしたのが美羽子だと思いこんだのは、息子が「コンプライアンス課のやつに聞いた」と言っていたことと、息子の聞き取り担当が「鎧塚」という名前だと聞いていたからだ。

「ごめんなさい、本当にごめんなさい、なんでもします、なんでも言うこと聞きますから、許してください！」

土下座をする勢いで、美夕は泣きながら謝り続けた。

美夕は世間話をしただけで、それが悲劇を引き起こしたとしてもなにも責めることはできない。

だけど、土門啓次の父親が美羽子のせいだと思いこんでいることを知った。それを美羽子や鹿原に伝えていれば、土門啓次の父親が美羽子を再びねらうことはなかったかもしれない。

自分が逃げたせいで、あわや美羽子がバットで殴り殺されそうになったのだと、話を誇張した鹿原にずいぶんとお説教をされたらしい。

心から詫びているし、本人も精神的にずいぶんとダメージを負っている。美羽子は駿斗にも話を通し、美夕を許した。

「なにかあったら相談にきなさい。いいですね」

鹿原に声をかけられ、美夕は冷汗を浮かべながら硬直して何度も首を縦に振っていた。

よほど、鹿原のお説教がきいたらしい……。

土門啓次の父親も、長々と鹿原の説教を受け、この先は静かに息子を見守っていくことに納得したそうだ。

鹿原の説教は、かなりの効果があるらしい。

駿斗に聞いたところ、大学時代に所属していた弁論サークルでは、敵なしの弁舌をふるう人物だったそうだ。

……弁護士より、裁判官かカウンセラーのほうが向いていたのではないだろうか。


少々切ない出来事もあったが、基本的に美羽子は幸せの渦中にいる。

美羽子の意見も取り入れて選んだ婚約指輪の刻印が仕上がった週末。

今夜は恒例のお泊まりデートである。

最高級のスイートルーム。

この瞬間のためにタキシードを着用した駿斗の前に立つ美羽子は、フリルと刺繍がふんだんにあしらわれたプリンセスラインの豪華なドレス姿だ。同じくこの瞬間のために駿斗が用意したのだ。

ふたりの足元にはバラの花束。真紅のバラは百本。

美羽子の前に駿斗が跪く。右手を取り、甲に口づけた。

「俺と結婚してください」

左手の薬指に婚約指輪をはめ、手を取ったまま立ち上がる。ふたりはそのまま見つめ合った。

約束していたプロポーズの本番。

返事は、もちろん決まっている。

「末永く、よろしくお願いします」

予行練習通りの返事をすると、駿斗が美羽子の腰を持ち上げた。

「よーし、一生かわいがるぞ！」

幸せな笑い声が室内に満ち、甘い時間がはじまる。


〝おうじさまとおひめさまは、すえながくしあわせにくらしました〟

幼いころに憧れた、おとぎ話のように――――。

あとがき

小説を書くお仕事を、かれこれ十三年ほどやっています。

そのくらいやっていたらちょっとやそっとのことでは動じないだろうと思われがちなのですが、残念かな、私はかなりのヘタレですので、いまだに初めてのレーベルさんで本を出していただく際は動悸が激しくなって倒れそうになります（すみません、ちょっと盛りました）。

というわけで、今あとがきを書きながら、ちょっとばかり緊張しています。

ルネッタブックスでは初めまして、玉紀直（たまきなお）です。

こちらでのお仕事が決まったとき、「仕事ができてシッカリ者でクールなのに、恋愛下手でヒーローに迫られてオロオロしてる、そんな実はすんごくかわいい性格のアラサー処女ヒロインが書きたい!!」と思い、あっという間に美羽子（みわこ）というキャラが出来上がりました。この手のタイプのヒロインは私も大好きなんですけど、なかなか書く機会に恵まれないので、今回はとても楽しく書かせていただきました。

駿斗(はやと)のアダ名「ライダーくん」ですが、これは狙ってつけたものではなく偶然だったんです。フルネームを決めたあと、なんとなく名前に聞き覚えがあって検索したんですね。そうしたら漢字は違うんですけど、特撮の変身ヒーロー、初代の名前と読みが同じだと発覚し、ちょっとエピソードに加えてみました。

家族にライダーオタクがいるので聞き覚えがありましたが、そうじゃなかったら気がつかなかったかも……。なんのことだかわからない方もいらっしゃるのでは（汗）。

さて初ルネッタですが、担当様には別レーベルでもお世話になっており、今回も多大なる手間をおかけしつつここまでくることができました。本当にいつもありがとうございます！

イラストをご担当くださりました、御子柴(みこしば)リョウ先生。美羽子がムチャクチャかわいいですね!!　お口がエッチな駿斗もカッコいい！　素敵なふたりをありがとうございました！

本作に関わってくださいました皆様、見守ってくれる家族や友人、そして、本書をお手に取ってくださりましたあなたに、心から感謝いたします。

ありがとうございました。またご縁がありますことを願って――。

幸せな物語が、少しでも皆様の癒やしになれますように。

令和六年四月／玉紀　直

ルネッタブックス

完璧社長は鉄の乙女と蜜月をご所望です

2024年6月25日　第１刷発行 定価はカバーに表示してあります

著　者　玉紀 直　©NAO TAMAKI 2024
発行人　鈴木幸辰
発行所　株式会社ハーパーコリンズ・ジャパン
東京都千代田区大手町 1-5-1
04-2951-2000（注文）
0570-008091　（読者サービス係）
印刷・製本　中央精版印刷株式会社

Printed in Japan ©K.K.HarperCollins Japan 2024
ISBN978-4-596-63548-8